CORDULA STRATMANN

Sie da oben, er da unten

ROMAN

KIEPENHEUER
& WITSCH

FSC
www.fsc.org
MIX
Papier aus verantwortungsvollen Quellen
FSC® C014496

Verlag Kiepenheuer & Witsch, FSC-N001512

6. Auflage 2010

Umschlaggestaltung: Rudolf Linn, Köln
Umschlagmotiv: © Rudolf Linn, Köln
Autorenfoto: © Boris Breuer
Motiv Erde: Dirk Rauchfuß, Köln
Gesetzt aus der Utopia und der Franklin Gothic
Satz: Pinkuin Satz und Datentechnik, Berlin
Druck und Bindung: GGP Media GmbH, Pößneck
ISBN 978-3-462-03935-1

SO ETWAS hatte sie sich immer völlig anders vorgestellt.

Spektakulärer. Außergewöhnlicher. Auf jeden Fall länger.

Und nun war es ihr selbst passiert.

Nun lag sie da tot im Flur und fragte sich, wie es dazu gekommen war, dass Dieter sich beim Erwürgen so geschickt anstellte. Ruckzuck war das gegangen. Und mit welcher Kraft!

Der untrainierte Dieter! Der Ich-müsste-mal-was-Sport-machen-Dieter!

Ein Wortgefecht, sie macht eine Bemerkung, die sie jetzt schon wieder vergessen hat, da springt ihr der Dieter an den Hals, und sie kann sich noch nicht mal mehr die Haare richten.

Tot. Durch Dieters Hand. Obwohl er sogar noch unbequemerweise seine Handschuhe trug, weil er gerade erst hereingekommen war.

Das wunderte sie am meisten: dass er das tatsächlich mit dem allerersten Versuch hingekriegt hatte. Eben noch in der Straßenbahn und nur einen Wimpernschlag später die eigene Frau umgelegt. Chapeau!

Dieter war nie ein Typ von großer Präzision gewesen. Immer eher alles kommste heut nicht, kommste morgen. Aber heute hatte er sich von einer vollkommen neuen Seite gezeigt.

Zum letzten Mal. Diesmal war es ihm wohl wirklich wichtig gewesen.

Er hatte in ihrer zwölfjährigen Beziehung zwar des Öfteren angedeutet, dass er sich von ihr niemals auf normale Weise trennen könnte, dazu sei ihre Verbindung zu außergewöhnlich, aber sie hatte das bisher immer als Kompliment aufgefasst.

Dummerchen!

Und nun war Dieter weg. Hatte natürlich kalte Füße gekriegt. So etwas hatte er sich schließlich noch nie getraut! Er war überhaupt äußerst angespannt gewesen bei der ganzen Aktion. Die Oberlippe voller Schweißperlen und so.

Seitdem er sich den Schnurrbart abrasiert hatte, war ihm immer sofort anzumerken, wenn ihn etwas besonders aufregte.

Worüber Sabine aber am wenigsten hinwegkam, war, dass sie ihm in den letzten Tagen nichts, wirklich gar nichts angemerkt hatte!

Man hatte nach zwölf Jahren doch nicht mehr so die volle Aufmerksamkeit für den Partner. Und das war manchmal sehr schade.

DIETER BETRAT das Hotel. Er hatte nach der Tat sehr aufgewühlt die gemeinsame Wohnung verlassen und war auf direktem Weg zum Flughafen gefahren. Dort hatte er Last-Minute einen sehr günstigen Flug Düsseldorf–Münster/Osnabrück ergattert und war erst zur Ruhe gekommen, als die Maschine endlich abhob. Und nun stand er an der Rezeption des Hotels »Miranda«.

In den Anmeldebogen trug er sich als Klaus Becher ein. Dem lag die Überlegung zugrunde, dass sich alle Menschen auf der Flucht doch sicherlich einen anderen Zu-, nicht aber Vornamen zulegten. Er dachte da völlig neu, änderte also lediglich Dieter in Klaus und ließ Becher, den Namen, den er zwölf Jahre lang mit Sabine geteilt hatte, stehen.

Jawohl. Den Blitzmerker wollte er bitteschön erst einmal kennenlernen, der sofort schaltete und sogleich an ihn dachte, wenn er beispielsweise in der Zeitung las, dass Dieter Becher gesucht wurde. Er war *Klaus* Becher.

In seinem Zimmer sitzend war er ganz zufrieden, wie rund das alles bisher lief. Bis auf das störende Gefühl, dass er Sabine ein wenig vermisste. In zwölf Jahren gewöhnte man sich eben sehr aneinander. Aber das hatte er ja nun gründlich vermasselt. Mit seiner Würge-Aktion heute Morgen hatte er direkt für beide die Entscheidung getroffen, dass sie sich nie mehr wiedersehen würden.

Seltsam – da wünschte man sich etwas immer mal wieder, in seinem Fall jetzt, dass Sabine dahin ging, wo der Pfeffer wächst – und dann trat es tatsächlich ein, und man blieb mit einem schalen Gefühl zurück. Und wuchs im Himmel überhaupt Pfeffer?

Himmel?! Wie kam er denn jetzt auf Himmel?! Er hätte ja wohl kaum den Aufwand eines Mordes betrieben, wenn Sabine eine Kandidatin für den Himmel gewesen wäre! Nee, nee, die war wirklich, wirklich, so richtig, war wirklich so richtig ... richtig ... schlimm war die gewesen! Ganz schlimm war die gewesen! Dafür würde sie wohl auch gerade in der Hölle braten. Genau. Wobei ... Hölle ... das war dann auch wieder ein bisschen ... also direkt Hölle ... Gab es da gar nichts dazwischen? So etwas wie einen Unwohl-Fühl-Raum oder so?

Dieter grübelte und grübelte. Aus jedem Gedanken erwuchs sofort der nächste, der den vorherigen wieder infrage stellte. Er stellte fest: Täter sein ist etwas für die ganz Harten. Da musst du Stehvermögen haben. Du musst einen Mord auch wenige Stunden später noch vertretbar finden. Sonst fängst du an rumzueiern.

WENN SIE NICHT bald jemand fände, wäre sie wund gelegen. Wahrscheinlich waren die Würgemale am Hals schon nicht besonders kleidsam, aber dann noch ein blauer Hintern – das machte sie alles nicht hübscher.

Sabine wurde es im Flur zunehmend langweilig, und auch über Freundschaften dachte man in solch einer Situation schon mal intensiver nach: Warum hatte in den vergangenen vier Stunden nicht ein einziges Mal das Telefon geklingelt?

Aber nein, jetzt wurde sie ungerecht. Bei Anne zum Beispiel hatte sie sich selbst auch lange schon nicht mehr gemeldet. Aber aus dieser Haltung hier kam sie jetzt auch unmöglich noch einmal hoch. Und zwar langfristig nicht. Das war jetzt alles vorbei.

Ebenso ihre geliebten, entspannenden Friseurbesuche. Sie hatte nächste Woche zum Nachschneiden zu Timo gehen wollen, und jetzt würde man sie hier finden und der ganze Schnitt war rausgewachsen. Sie hatte auch mal irgendwo gelesen, dass bei Toten das Haar sehr schnell an Glanz verliert.

Bisher stand Dieter eindeutig besser da, sie selbst konnte an ihrem neuen Zustand noch keinen Vorteil ausmachen.

Es sei denn, man rückte einmal das Thema »Ausschlafen-Können« in den Vordergrund. Das war nämlich täglich ein Grauen gewesen. Der Wecker war zuverlässig um 6.30 Uhr gegangen, und das lediglich, damit sie stets pünktlich um 8.00 Uhr im Kindergarten erschien, um sich dort von nicht erzogenen Menschen mit einer Höhe von durchschnittlich 0,90 Meter – 1,20 Meter anschreien zu lassen. Für kleines Geld, versteht sich. Für mehr hätten die Probanden wahrscheinlich mindestens 1,80 Meter messen müssen.

Supergag. Fiel ihr leider nur zu spät ein. Ihre Kollegin Bettina hätte sich am Boden gewälzt. Das war schon mal sicher. Aber die lachte auch über:

Haben Sie Rosen?

Lange?

Wie, vermieten Sie auch?

Den hatte sie mal in einem Buch von einer Komikerin gelesen und sich nicht mehr eingekriegt. Na ja, Bettina eben.

DIETER SCHOB den Teller zur Seite. Er hatte richtig fein getafelt. An der Rezeption seines Hotels hatte man ihm diesen Spanier empfohlen, und die Tapas hatten ihn alle nicht enttäuscht. Garnelen in Knoblauch-Tomatenmus, gefüllte Champignons, marinierte dicke Bohnen, Kaninchen in Limonensoße, Lamm mit irgendwas. Alles zum Reinsetzen!

Allein essen machte zwar nicht so viel Spaß, aber wenn ein Koch sein Handwerk so gut verstand wie dieser hier, dann war man beinahe versucht, mit den Speisen zu sprechen, so ernst nahm man sie plötzlich.

Am Nachbartisch saß eine ansehnliche junge Dame mit einem Herrn, den Dieter gar nicht passend fand, sie aber wiederum schien Dieter nicht passend zu finden, da sie sein Lächeln nicht erwiderte, im Gegenteil, es tief in ihr Glas versenkte.

Ach, es war sicherlich eh nicht gut, direkt wieder in eine neue feste Beziehung hineinzuschlittern.

Was Sabine jetzt wohl mach… – ach, nein, die war ja tot. Reine Gewohnheit, die Frage. Die hatte er sich immer gestellt, wenn er allein unterwegs gewesen war, und abends hatten sie dann darüber telefoniert. Dann hatte sie ihm so Sachen erzählt wie, dass sie schon wieder vergessen hätte, Anne anzurufen, und dass sie zu Timo müsse wegen der Spitzen.

Und nun würde er gar nicht zu Hause anrufen heute Abend.

Aber jetzt mal ernsthaft: Wie lief das denn eigentlich nach so einem Mord? Müsste er nicht extra wie gewohnt anrufen, damit vielleicht Frau Kessler von nebenan das Telefon klingeln hörte?

Au Backe, es war eventuell gar nicht so schlau gewesen, hierherzukommen, wie zuerst gedacht! Vor allen Dingen würde bei der ersten Befragung im Freundeskreis garantiert einer ausplaudern: »Münster/Osnabrück? Nee, also dahin haben Sabine und Dieter nun aber gar keine Verbindung!« Und schon hätten sie ihn.

Eine idiotische Idee! Er musste zurück! Und das schnellstmöglich. Am besten würde er nämlich selbst die Polizei benachrichtigen, dass ihm das nicht geheuer sei mit der regungslosen Sabine im Flur und so.

Dieter zahlte und beeilte sich, ins Hotel zurückzukommen. Seine Nerven wurden allerdings zusätzlich von der leidigen Tatsache beansprucht, dass nach 22.04 Uhr kein durchgehender Zug mehr nach Düsseldorf fuhr. Sollte es noch eine Nacht-Maschine nach Düsseldorf geben, würde das nichts daran ändern, dass nächtlicher Flugverkehr, soweit sich Dieter erinnerte, nicht erlaubt war, und er tat sich grundsätzlich schwer damit, sich über Verbote hinwegzusetzen.

Vielleicht machte ihm deswegen auch der Mord an Sabine jetzt so zu schaffen.

Zähneknirschend verbrachte er eine unruhige Nacht in seinem Zimmer.

RRRrrriing!!!

Aha, er musste also doch eingeschlafen sein.

Missgelaunt und mit einem Heidenrespekt vor dem kommenden Tag verließ er das Bett. Waschen, rasieren, anziehen, frühstücken, Heimreise. Toll, dass das Gehirn seine Kommandos für häufig wiederkehrende Tätigkeiten mechanisch abliefern konnte, wenn man gerade mit den Gedanken ganz woanders war.

Als er in Düsseldorf den Schlüssel ins Schloss seiner Wohnungstür steckte, hätte er nicht sagen können, wie er dorthin gekommen war. Er war nun irrsinnig gespannt auf Sabine. Wie es sein würde, wenn sie ihn mal wortlos empfangen würde. Wobei »empfangen« hier falsche Erwartungen weckte.

Dieter atmete tief durch und stieß die Tür auf. Es war doch ziemlich unbedacht von ihm gewesen, Sabine direkt im Flur umzubringen. Das führte dazu, dass er nun beim Betreten der Wohnung keinerlei Aufschub mehr hatte, bis er die erste Leiche seines Lebens sehen würde. Wenn man Sabine von gestern mal nicht mitrechnete.

Als seine Großmutter vor sechs Jahren gestorben war, hatte er die ganze Abwicklung seinen Eltern und seiner Schwester überlassen und es auch so einrichten können, dass er erst zur Beerdigung wieder in Düsseldorf eintraf. Dringende Geschäftstermine hatten eine frühere Rückkehr aus Amsterdam nicht erlaubt, wofür auch alle Verständnis gezeigt hatten.

Als Vertriebsleiter eines kleinen Reisebuchverlages musste er damals für die Verbreitung des Erstlingswerks von Günther Jauch, »Mein Leben in TV-Studios«, in den Niederlanden sorgen. Der Verlag erhoffte sich eine Menge davon, nachdem Kai Pflaumes »Zu Fuß durch Göttingen« seit einem Jahr wie Blei in den Regalen lag.

Diesmal rettete ihn aber keine Auslandstätigkeit, er war nun wieder vor Ort, und in der nächsten Sekunde würde er auf seine durch ihn verstorbene Ehefrau treffen.

Rumms! Das war er, der Schlag in die Magengrube.

Sabine hatte sich wirklich sehr zu ihrem Nachteil verändert. Durch den gestrigen Würgevorgang hatten ihre Augen Basedow'sche Ausmaße angenommen, und ihr war jegliche Farbe aus dem Gesicht gewichen.

Und dass sie ihm nun mit derart stumpfem Haar zu Füßen lag, würde ihr wahrscheinlich posthum immens stinken, wenn sie sich so sehen könnte.

Was war nun zu tun?

Im vorliegenden Fall hielt er es für einen großen Nachteil, dass ihn so leicht nichts aus der Ruhe bringen konnte. Hier war es nämlich ratsam, den Anruf bei der Polizei in möglichst aufgelöster Verfassung zu tätigen.

In Zukunft würde er neidische Kommentare wie »Mein Gott, du hast aber auch immer eine Ruhe!« dahin gehend relativieren müssen, dass im einen oder anderen Fall eine gewisse Erregung sogar wünschenswert sei. Diese Äußerung wäre noch nicht einmal verräterisch im Hinblick auf seine Täterschaft, weil in der Regel ja der Zuhörer ungeachtet seiner Schichtzugehörigkeit eine Aussage über Erregungszustände als schlüpfrige Bemerkung verstand und sofort in albernes Gelächter ausbrach.

Dieter war sich darüber im Klaren, dass das, was hier von ihm verlangt wurde, bisher nicht in seinem Genmaterial angelegt gewesen war: Er musste sich nun in eine der Situation entsprechende Aufgeregtheit versetzen, durch Hechelatmung seinen Sprech-Rhythmus beeinträchtigen und die 110 wählen

»Polizeidienststelle Düsseldorf-Süd.«

»Becher hier, bitte kommen Sie sofort zu uns, also mir, beziehungsweise, meine Frau ist schon auch noch da, aber tot eben, das heißt, ich wohne hier noch regulär, aber meine Frau wird ja nicht hier bleiben können – ach Gott, ich bin total durcheinander!«

»Möchten Sie sagen, dass Ihre Frau tot in Ihrer gemeinsamen Wohnung liegt?«

»Jaja, genau. Ich weiß gar nicht, wie man das jetzt ausdrückt, bisher also gemeinsame Wohnung, der sich meine Frau aber jetzt durch Tod entzogen hat. So vielleicht.«

»Herr Becher, wie lautet denn Ihre Adresse?«

»Kronprinzenstraße 11 … Bei Becher.«

»Da war ich jetzt von ausgegangen. Herr Becher, bitte fassen Sie nichts an, es wird gleich ein Kollege bei Ihnen sein.«

»Danke, danke. Wissen Sie, ich weiß gar nicht, ich hab so was halt noch nie erlebt. Es ist auch meine erste Ehe. Also, ich bin froh, wenn sich das gleich mal einer anschaut. Danke.«

»Ja, Herr Becher, wie gesagt, bitte nichts anfassen und meinen Kollegen abwarten. Auf Wiederhören.«

Dieter war froh, dass das Gespräch recht zügig beendet war, und fand, dass er seine Sache einigermaßen gut gemacht hatte. Wer jemanden tot in der Wohnung liegen hatte, äußerte sich doch in der Regel eher ungeordnet. Das wurde doch sicherlich international so gehandhabt. Er konnte sich nicht vorstellen, dass ein Mexikaner oder ein Lappe sich in seiner Situation am Telefon anders gebärdet hätte. Sie hätten in ihrem Fall mexikanisch oder lappländisch gesprochen, aber inhaltlich wären sie genauso verfahren wie er. Ein gutes Gefühl. Bis hierher musste er sich nichts vorwerfen.

Es klingelte. Das war aber flott gegangen. Im Moment schien in Düsseldorf-Süd nicht viel an Morden oder anderen polizeiintensiven Aktivitäten zu passieren.

Dieter öffnete fünf Herren die Tür. Da Sabine günstigerweise im Flur lag, konnte der Notarzt direkt nach zwei Schritten ihren Tod feststellen und nach Ausstellung des Totenscheins gleich wieder mit den beiden Sanitätern verschwinden.

Die Polizisten hielten sich deutlich länger auf. Während der eine mit einem kurzen »Ich darf mal?« den Weg durch alle Zimmer antrat, lag dem anderen einiges an einem ausführlichen Gespräch mit Dieter.

So erfuhr er, dass Dieter heute bei seiner Rückkehr aus Münster/Osnabrück, wohin er gestern aus geschäftlichen Gründen hatte reisen müssen, seine Frau tot aufgefunden hatte und dass er das sehr bedauerte.

Dieters Plan war es nämlich, gleich im ersten Kontakt mit der Staatsgewalt keinen Zweifel daran zu lassen, dass er gerne noch mit Sabine weitergelebt hätte und dass er sich wirklich niemanden vorstellen konnte, der ihr nach dem Leben getrachtet hätte.

So war er fürs Erste aus der Schusslinie raus.

Was dachte sich die deutsche Sprache eigentlich, wenn sie einem Witwer in so einem Fall auch noch das Wort Schusslinie nahelegte? Sehr nachdenklich verabschiedete sich Dieter von seinem Besuch und versprach seine engagierte Mitarbeit bei der Suche nach dem Mörder. Jetzt hieß es auf die Abholung Sabines zu warten, deren nächster Aufenthalt die Rechtsmedizin sein würde.

OH NEIN! Die Vorstellung, obduziert zu werden, fand Sabine äußerst unappetitlich. Wenn sie nicht eh schon sauer auf Dieter gewesen wäre, weil er ihrem Leben so abrupt ein Ende gesetzt hatte, dann spätestens jetzt beim Warten auf den Schnitt durch die Leibesmitte.

Seit zwei Tagen lag sie bei unmenschlichen Temperaturen in der Schublade der Rechtsmedizin, mit nichts an außer einem Zettel am Zeh. Ab und zu wurden mit geschäftigen Bewegungen des Personals benachbarte Schubladen aufgezogen und die jeweiligen Aspiranten zur Untersuchung geholt, ansonsten war es hier sterbenslangweilig.

Sterbenslangweilig. Was hieß das jetzt in ihrem Fall konkret?

Die Tür ging auf, und eine grün bekittelte Dame rollte Sabine routiniert aus dem Schrank und in den benachbarten Raum, wo der Gerichtsmediziner Dr. Marzahn schon auf sie wartete.

Als ungeheure Zumutung empfand sie den Geruch von Gummi, während er mit seinen Handschuhen ihren eiskalten Körper abtastete. Auch seine Achseln gaben einen nicht mehr ganz frischen Duft ab, na ja, die Wanduhr über der Tür zeigte 16.10 Uhr. Und Raucher war er. Prost Mahlzeit. Darüber hatte sich wahrscheinlich noch niemand jemals Gedanken gemacht, aber Sabine würde ab heute in die Fachliteratur die Feststellung aufnehmen lassen, dass eine Leiche zwar niemandem auf die Jacke kotzt, wenn er muffst, dass sie aber durchaus davon träumen kann. Wenn sie sehr geruchsempfindlich ist. War. Ist. Egal.

»Starken Haarwuchs hatte unser Mädchen hier.« Dr. Marzahn fuhr ihr über die stacheligen Schienbeine. »Und guck mal, Vera, immer schön Sport machen!«, bemerkte er zu seiner Assistentin, während er aus Sabines Oberschenkel-Orangenhaut ein Wabensystem formte. Das machte er, indem er in die vorhandenen Dellen den Zeigefinger bohrte, sodass die Haut dort zu Sabines Verärgerung nachgab und Platz machte für weit größere Dellen.

Für jemanden wie Sabine, die zu Lebzeiten nicht gerade auf den Mund gefallen gewesen war, war es äußerst bitter, nun auf ihrer Spontanerwiderung sitzen beziehungsweise liegen zu bleiben und über sich ergehen lassen zu müssen, dass der Herr mit Doktortitel und üblem Körpergeruch sich derart uncharmant über sie äußerte. Sie nahm sich vor, dass sie, wenn sie endlich oben im Himmel ankäme, direkt die Beschwerdestelle aufsuchen und dort Dr. Paul Marzahn eintragen lassen würde.

Sssssssst! Gott sei Dank war das Messer superscharf, mit dem der Flegel ihr jetzt den ganzen Leib aufschnitt. Davor hatte sie nämlich einen Heidenrespekt gehabt, dass ihr da womöglich mit einem viel benutzten Küchenmesser im Bauch rumgesäbelt und -geruckelt würde. Die Vorstellung, dass bei diesem Kraftakt auch noch Marzahn'sche Schweißperlen von seiner Nasenspitze auf ihren Bauch hinuntertropften, hatte ihr völlig den Rest gegeben. Aber mit dem Solinger Messer war alles glatt gegangen. Und ganz ohne Schmerzen! Wie schön, hier war man kein empfindungsloses Wesen, denn Kälte und Wärme spürte sie ja durchaus, und ihr Geruchssinn war ihr ebenfalls – hier allerdings leider – erhalten geblieben, aber nichts tat mehr weh! Das war ganz gut geregelt, fand sie.

Knarrrrrrzzzzz! Zu zweit bogen sie nun ihre Rippen auseinander, und ihr Brustkorb stand sperrangelweit offen. Was wäre das schön gewesen, jetzt einmal tief durchzuatmen. Aber das brauchte sie ja nun nicht mehr. Wenn sie sich früher gestresst gefühlt hatte, hatte sie sich oft gewünscht, einmal ganz tief durchatmen zu können anstatt immer so kurzatmig zu werden, aber leider, leider – das Timing!

Jetzt setzte sich das im Tod also noch fort, dass man die besten Gelegenheiten häufig mit Bedauern an sich vorbeiziehen lassen musste.

»Was ist denn das?!«, unterbrach Marzahn ihre Gedanken, zog die Hand aus einer ihrer Darmschlingen heraus und hielt einen Eierlöffel aus Perlmutt in der Hand.

Was hatte sie den gesucht! Sie hatten nur zwei von diesen perlmutternen Eierlöffeln gehabt, und als sie vergangenen Sonntag den Frühstückstisch etwas schöner als alltags hatte decken wollen, vermisste sie den zweiten und geriet prompt mit Dieter in einen heftigen Streit darüber, wer in ihrem Haushalt stets alles verschlampte. Heftige Vorwürfe hatte sie Dieter darüber gemacht, dass es ihm ja eh vollkommen wurscht sei, welche Eierlöffel sie denn decken würde. Was er bestätigt hatte.

Nun fiel ihr ein, dass sie an dem Sonntag davor besonders spät gefrühstückt hatten, dass sie wahnsinnig hungrig gewesen war und dass Dieter auch noch etwas ungehalten zu ihr gesagt hatte, sie solle nicht immer so schlingen. Er hatte es noch nie leiden können, wenn sie so große Bissen nahm. Da musste sie also den Eierlöffel im Eifer des Gefechts …

Ja, jetzt schien plötzlich alles Sinn zu machen: Sie hatte in den letzten zwei Wochen ein Problem mit der Verdauung gehabt, was für sie nämlich eher ungewöhnlich gewesen war. Aber wer hätte ihr Aufschluss geben sollen mit der Erklärung: »Du hast ja auch den schönen Eierlöffel, von dem ihr nur zwei habt, unzerkaut heruntergeschluckt.«

Sie waren in der Situation ja nur zu zweit gewesen und hatten es beide nicht mitbekommen. Ihre gesamte Aufmerksamkeit war in dem Moment auf die Zeitungsmeldung gerichtet gewesen, dass in China mehrere Säcke Reis einfach nicht umfallen wollten, was die ersten Experten nun mit der Klimaerwärmung in Verbindung brachten.

Und jetzt hielt ihr Marzahn diesen Eierlöffel vor die Nase.

Unter Garantie würde er ihn gleich abspülen und ihn sich unter den Nagel reißen. Aber wenigstens hätte er dann nur einen.

»Der ist schön, ne?«, meldete sich Assistentin Vera zu Wort. »Und wertvoll! Aus Perlmutt. Da hab ich auch zwei von. Geschenkt bekommen. Könnt ich mir von meinem mickrigen Assi-Gehalt gar nicht leisten.«

»Also, mir wäre das vollkommen wurscht, ob morgens die oder andere Löffel auf dem Frühstückstisch liegen würden«, schüttelte Marzahn den Kopf. »Unsere Kandidatin hier hatte ihn aber anscheinend zum Fressen gern, hahaha!«

Hahaha, du Blödmann. Von was für Leuten musste man sich hier eigentlich aufschneiden lassen?! Sabine war stocksauer.

KOMMISSAR PELZER stellte Dieter eine Tasse Kaffee hin und nahm ihm gegenüber wieder auf seinem Bürostuhl Platz. »Tja, Herr Becher, Ihre Frau ist erwürgt worden. Das hat unser Kollege in der Rechtsmedizin einwandfrei festgestellt.«

Dieter schlug die Hände vors Gesicht. »Aber ... wer ... macht denn so was?!« Genauso hatte er es zu Hause x-mal geübt: Hände vors Gesicht und dann stockend: Aber ... wer ... macht denn so was?! Jetzt war der Kommissar wieder dran. Aber der saß nur da und schaute ihn an, stellte Dieter fest, als er nach einer Weile mal zwischen Zeige- und Mittelfinger hindurchguckte.

Gut. Dann nahm er besser mal die Hände wieder herunter und versuchte einen leeren Blick aus dem Fenster. Irgendwie geriet ihm die ganze Situation jetzt aber etwas zu vage, wenn hier zwei Männer saßen, die nur schauten. In Dieter wuchs der Wunsch nach etwas Klarem, Eindeutigem. »Ich war es nicht«, sagte er mit fester Stimme.

Pelzer lächelte ihn an. »Ich bin ganz erleichtert, dass Sie das so offen sagen, Herr Becher. Um ehrlich zu sein, kommen wir in unseren Ermittlungen nämlich nicht so recht voran. Und wenn wir Sie schon mal als Täter ausschließen können, ist uns das natürlich eine große Hilfe.«

»Ach du liebe Güte. Ihr Job ist ja auch nicht gerade einfach. Wie schläft man denn da so, nimmt man das nicht alles mit nach Hause, was man da so sieht?«, erkundigte sich Dieter.

»Bei mir geht es. Meine Frau ist da viel empfindlicher. Sie mag es zum Beispiel nicht, wenn ich ihr jemanden beschreibe, der erstochen wurde.«

»Aha? Ich hätte jetzt spontan gesagt, Erschossene sehen am ekligsten aus.«

»Das kommt immer ganz drauf an, man kann das gar nicht so generell sagen. Aber das hab ich auch erst lernen müssen. Ich hatte zum Beispiel immer einen Mordsrespekt vor Wasserleichen. Aber da muss ich nach 14 Jahren Berufserfahrung sagen, das geht eigentlich.«

»Ist doch wahrscheinlich auch eine Typsache, oder? Der eine ist mehr so, der andere tickt wiederum ganz anders«, warf Dieter nachdenklich ein. »Und wie wollen Sie nun weiter verfahren, was meine Frau angeht? Denken Sie vielleicht auch in Richtung Selbstmord?«

»Das ist halt eine der Sackgassen, in denen wir uns momentan befinden. Wie will sie das gemacht haben? Und warum? So naheliegend eine Selbsttötung vielleicht ist, da Sie ja beschrieben haben, wie beliebt Ihre Frau doch war, so wenig vermag ich an Suizid zu glauben, eben aus demselben Grund. Am schlüssigsten fände ich es im Moment, sie wäre gar nicht tot.«

»Ja. Ihr Tod ist so völlig sinnlos.« Dieter merkte, dass er das Gespräch mit dem Kommissar nun dringend beenden musste. Nach der ersten Erleichterung, die sich direkt nach Sabines Tod eingestellt hatte, spürte er jetzt nämlich immer öfter Zweifel in sich aufkommen. Warum hatte er eine Trennung stets so rundweg abgelehnt? Ihn hatte daran einfach immer gestört, dass es den anderen danach ja doch noch irgendwo gab, infolgedessen war er, wenn, dann stets für die viel klarere, weil endgültige Lösung gewesen. Aber genau das empfand er gerade als ein Problem. Dass Sabine jetzt komplett weg war.

Es war wirklich verzwickt: Manche Dinge sahen in der Vorstellung doch ganz anders aus, als wenn man sie dann mal ausprobierte. Und es gab eben Dinge, die konnte man nur einmal ausprobieren.

»Herr Becher, wir müssen hier jetzt auch mal wieder weitermachen. Es war schön, mit Ihnen ein bisschen zu plaudern«, meldete sich Kommissar Pelzer mitten in seine Gedanken zu Wort. »Dürfen wir Sie denn auch noch mal stören, sollten wir ein paar Nachfragen haben? Ihnen geht's im Moment ja auch nicht so toll.«

»Das stimmt. Ich häng irgendwie ganz schön durch. Aber wenn ich irgendwie helfen kann, das Schwein zu fassen, melden Sie sich ruhig!«

Mit einem aufmunternden Augenzwinkern entließ Kommissar Pelzer Dieter aus dem Büro.

SABINE WAR VÖLLIG aus dem Häuschen. Das war ja überwältigend!

Die letzten Stunden waren ungeheuer aufregend gewesen. Sie war noch dabei, sich heftigst über diesen Herrn ohne jede Kinderstube, Dr. Paul Marzahn, zu ärgern, da verschwommen ihr die bis eben klaren Bilder vor Augen und sie geriet in eine nie erlebte Thermik. Um sie herum angenehme 26 Grad mit leichtem Wind, schmeichelnde Farben in Pastell, und mit einem irrsinnigen Tempo raste sie, wie in einer weichen Schale liegend, auf etwas zu.

Sie kam zum Halten und – was war denn das nun??

Zu den Klängen der *Never Comebacks*, was ein Plakat an der Tür verriet, stoppte sie vor einer überdimensionierten Pub-Tür. Von innen drangen außer der Musik laute Stimmen und Gelächter an ihr Ohr. Sie wippte prompt zu den Klängen im Takt.

An sich herunterschauend befand sie, dass sie keinesfalls so nackt, wie sie aus dem Obduktionsraum hierhergekommen war, in dieses Gebäude eintreten konnte. Da fiel ihr Blick auf einen Kleiderständer rechts neben dem Eingang mit einem Hinweisschild »Für Neuankömmlinge«.

Die angebotene Garderobe reichte von Versace bis C&A, von sportiv bis elegant. Aber nix secondhand, alles brandneu!

Mit leuchtenden Augen begann Sabine zu stöbern und probierte ohne jede Störung bis zur Erschöpfung Hosen, Röcke, Kleider, Schuhe, Stiefel, Dessous – was das Damenherz begehrt. Nach einem letzten Blick in den bereitstehenden Spiegel rüstete sie sich nun in einem Traum von Thierry Mugler zum Klingeln.

Die Pub-Tür wurde aufgerissen, und Jens, ein langjähriger Freund von Dieter, der vor einigen Jahren bei einem Motorradunfall ums Leben gekommen war, stand mit einem Champagnerglas in der Hand vor ihr.

»Hereinspaziert, wir warten scho... SABINE?!?!«

Sabine konnte es gar nicht fassen. Zum Zeitpunkt seines Unfalls hatte sie ihn sich gerade für die erste Affäre ihres Lebens ausgewählt, nur mal ein bisschen gucken, was man so machen konnte trotz Ehestatus und daraus resultierender langfristiger Festlegung auf Dieter.

Ihr Entsetzen war dementsprechend groß gewesen bei der Nachricht von Jens' Ableben. Und nun stand er hier vor ihr, und Dieter war weit weg!

Das muss der Himmel sein, schoss es ihr durch den Kopf, während sie von dem auf sie einredenden Jens in den Pub gezogen wurde.

»Das gibt es doch gar nicht! Sabine! Hast es da unten nicht mehr länger ausgehalten, was? Ist Dieter auch gleich mitgekommen? Wie, der hat dich umgebracht?! Ach, komm, red kein' Mist! Dazu ist der doch viel zu träge! Allein diese Idee zu haben ist doch schon zu innovativ für Dieter, der ist doch mit Essen, Trinken und Atmen schon vollkommen ausgelastet! Na, wenn dem da jetzt mal nicht tierisch langweilig wird ohne dich!«

Sabine fand, dass die Beschreibung eines derart nutzlosen Ehegatten auch etwas auf sie zurückfiel, aber damit wollte sie sich nun nicht länger aufhalten. Erst mal umsehen.

Um sie herum feierten lauter bestens gelaunte Leute, und Gabi aus Bottrop, die sich ihr gerade vorstellte, erklärte ihr, dass immer, wenn wieder eine bestimmte Anzahl an Neuankömmlingen zusammengekommen sei, also quasi ständig, ein großes Fest zu deren Ankunft ausgerichtet werde, damit sich diejenigen, so vollkommen herausgerissen aus ihrer vertrauten Umgebung, direkt heimischer fühlten.

»Superidee!«, rief Sabine und hatte schon das zweite Glas Champagner in der Hand.

»Komm, ich führ dich mal ein bisschen rum«, sagte Jens und hakte sie unter. »Das ist ja der Hammer, dass ausgerechnet du hier heute einziehst. Du bist die erste Bekannte, die ich hier empfange, andere haben schön öfter ein großes Hallo erlebt.«

»Ich hatte ja gar keine Vorstellung davon, wo man so hinkommt, wenn man da unten den Geist aufgibt«, staunte Sabine sich durch das Gespräch. »Von euch dringt ja wirklich überhaupt nichts durch. Alle Achtung, das nenn ich Dichthalten! Uurrhglps – Entschuldige, das ist der Champagner, da muss ich immer so sauer von aufstoßen. Ich trinke nämlich eigentlich viel lieber Bier. Und das am liebsten frisch gezapft vom Füchschen in Düsseldorf, oder das Uerige oder Frankenheim Alt. Da habt ihr nicht zufällig irgendeins von da?»

»Hui, da fragste mich jetzt aber was. Wenn, dann nur in Flaschen. Da müsst' ich einfach mal gucken gehen. Was wir in jedem Fall dahaben, ist Vittel. Oder Volvic. 'N Evian kannste auch haben. Soll ich mal schnell danach schauen?«

»Ach was, ich steig gleich einfach um auf 'nen leichten Chardonnay oder 'nen schönen Riesling, und dann hat es sich. Über ein Glas Verdicchio würd' ich mich allerdings am meisten freuen.«

»Jaa, den haben wir auf jeden Fall da! Den trinkt der Jesus nämlich auch am liebsten. Bei seinem letzten Italien-Aufenthalt, das hieß damals noch anders, jedenfalls, bevor die den damals ans Kreuz genagelt haben, hat er diesen guten Tropfen kennengelernt. Und das ist bis heute sein Lieblingswein. Wahnsinn, ne? Wo das doch alles schon so lange her ist!«

Sabine fühlte sich pudelwohl. Tolle Gespräche, tolle Leute. Hier schien nun wirklich ein neues Leben, oder wie auch immer man das nennen wollte, zu beginnen. Während ihrer Unterhaltung mit Jens war ihr Blick frei auf tanzende Leute, ebenso kamen ständig neue Menschen an ihnen beiden vorbei, nickten ihr freundlich zu, manche zwinkerten, und alle gaben ihr rundweg das Gefühl, willkommen zu sein.

»So, jetzt suchen wir mal Jesus, der hat hier ja letztlich das Sagen mit seinem Vater zusammen. Aber die machen das vollkommen locker, die lassen wirklich nie irgendwie den Chef raushängen oder so. Dafür, was die damals für ein großes Rad gedreht haben, sind die beiden wirklich extrem cool drauf.«

Sabine war erleichtert. Es hätte ja ebenso gut sein können, dass die beiden von der ganzen Schöpfungsgeschichte und dem Martyrium und der daraus entstandenen Bewegung noch total erfolgsbesoffen hier oben herumgockelten. Aber dem schien ja nicht so laut Jens. Oh, sie hätte den ganzen Himmel umarmen können!

Jens bahnte sich mit Sabine einen Weg durch die feiernde Menge, bis sie vor einem äußerst gut aussehenden Mann standen, offener Blick, offenes Hemd, der sie anlächelte: »Hallo, ich bin Jess.«

»Hi, ich bin Sab.« Kaum ausgesprochen, erschien ihr ihre Antwort eher unangebracht.

»Na ja, ich hab mich irgendwann Jess genannt, weil es mir zunehmend auf die Nerven ging, wenn immer alle so guckten: Ho, der Jesus, huijuijui!«

»Das versteh ich voll super«, antwortete Sabine und fand, dass sie jetzt ein bisschen drüber war. Aber es war ja auch eine bizarre Situation, vor diesem weltberühmten Jesus zu stehen, von dem sie schon so viel gehört hatte.

»Kannst du eigentlich auch Bier machen, oder ist die ganze Sache mit dem Wein damals sowieso schon zu lange her?«, fragte sie nun in das befremdete Gesicht ihres Gegenübers.

»Meine liebe Sab, hast du irgendeine Ahnung, wie oft ich genau das bereits gefragt wurde?!«

Sie hatte den Eindruck, dass Jess' Aorta gerade ein wenig anschwoll. Und da fuhr er auch schon fort:

»Ich beiß mir fast täglich in den Arsch dafür, dass ich damals das Wasser nicht einfach hab Wasser sein lassen! Genauso die Geschichte mit dem Blinden, der angeblich auf einmal wieder sehen konnte. Für mich war das eine ganz wackelige Angelegenheit, ich hatte ja keine Ahnung, ob mein Spruch klappen würde. Ich musste mich da vollkommen auf seine Aussagen verlassen. Aber für alle Welt war danach natürlich klar: Ah, der Jesus, der Tausendsassa, der kann Blinde sehend machen. Wer weiß, was der noch so alles in petto hat! Und jeden Tag schielt dich irgendeiner an und du sollst dem dann die Augen richten! Hau ab mit deinem Bier, ich hab keinen Schimmer mehr, wie das ging.«

Betretenes Schweigen nach diesem Ausbruch. Sabine konnte unmöglich noch einmal sagen, das versteh ich voll super, obwohl sie es wirklich voll super verstand.

»Na ja, wenn man prominent ist, muss man sich einfach viel dummes Zeug anhören, die Leute wissen ja nicht, was sie mit einem reden sollen«, lenkte Jesus ein. »Aber wenn wir jetzt zu meinem Vater gehen, damit ihr euch auch mal kennenlernt, dann kein Wort von Ägypten oder so, klar?«

Als sie schließlich im großzügigen Loft von Gottvater eintrafen, kam ihnen ein sympathischer älterer Herr entgegen, gut rasiert, dessen Oberlippe und Kinn man aber noch sehr wohl ansehen konnte, dass da über viele Jahrhunderte ein dichter Vollbart die Belüftung der Haut erschwert hatte. Nicht, dass das irgendwie unschön oder doof aussah, aber die Pigmentierung dort hatte doch etwas gelitten.

Gottvater wischte sich die Hände an einer Kittelschürze trocken und reichte Sabine die Hand. »Ah, ein Neuzuwachs!«

»Sabine Becher, guten Tag, Herr …« nuschel, nuschel – wie hieß der Typ denn richtig???

»Möchten Sie etwas mitessen? Ich mach heute nur schnell ein paar Nudeln, die und Kartoffeln mach ich am liebsten, die kocht man ja auch nur mit Wasser.«

Sabine nahm sich vor, dem freundlichen Herrn bei Gelegenheit ihr selbst erdachtes Rezept für Nudeln in Gemüsebrühe zu verraten, aber selbstverständlich aß sie als Neuling jetzt erst mal, was auf den Tisch kam.

WÄHREND SABINE da oben also einen prima Einstieg hatte, klingelte bei ihrem Witwer das Telefon.

»Becher.«

»Bestattungshaus Gerling, guten Tag, Herr Becher. Sie hatten uns aufs Band gesprochen, Ihre Frau ist gestorben, hab ich mir das richtig notiert?«

»Ja, ganz richtig, Herr Gerling, meine Frau wurde mir tot in unserer Diele hinterlassen, das war für mich natürlich auch nicht ganz leicht, werden Sie sicher verstehen, aber ich hatte Ihnen das ja schon alles geschildert.«

»Jaja, erdrosselt, sagten Sie, nicht? Das Band war irgendwann zu Ende, und deshalb hab ich nicht alles hundert Prozent mitbekommen, aber so grob bin ich im Bilde.«

»Mit Ihnen kann ich doch nun die ganzen Beerdigungsangelegenheiten klären, oder?«

»Ganz genau. Ja. Also zunächst einmal herzliches Beileid, Herr Becher, auch von meiner Frau, wir machen das hier zu zweit. Dann haben wir noch zwei Mitarbeiter, also ein ganz kleiner Betrieb, und wir hoffen natürlich, toitoitoi, ich klopf auf Holz, dass wir von der schwierigen Konjunktur im Moment verschont bleiben.«

»Oh ja! Das wünsch ich Ihnen aber auch! So hat jeder sein Päckchen zu tragen …«

»Päckchen?! Ha! Ganze Pakete hab ich schon geschleppt in meinem Leben! Menschenskinder, mich haben sie echt nicht verschont, wenn ich nur mal die letzten zehn Jahre an mir vorbeiziehen lasse! Aber da will ich jetzt einem neuen Witwer kein

Ohr mit abkauen, im Moment geht es um Sie, Herr Becher – Becher, ne? –, und wir werden Ihrer Frau schon einen würdevollen Abgang bereiten, das versprech ich Ihnen. Das letzte Hemd hat keine Taschen, aber es darf einem trotzdem super stehen, sag ich immer. Und dafür sind wir da.«

»Da bin ich jetzt aber froh, dass ich bei Ihnen gelandet bin. Es ist wirklich eine sehr belastete Zeit für mich im Moment, und da ist es wichtig, dass man an Leute gerät, die einem nicht noch zusätzlich alles schwerer machen. Und bei Ihnen hab ich das Gefühl, Beerdigungen, das machen Sie richtig gerne.«

»Absolut, Herr Becher, den letzten Weg kann man gar nicht ernst genug nehmen. Wir wissen doch alle nicht, wo es hingeht, da müssen wir doch wenigstens die letzte, ich sag mal, Feierlichkeit, ordentlich hinter uns bringen, nicht wahr, Herr Becher? Und wir machen das so richtig schön: überall Blumen hin, Musik vom Band, aber nicht, wie Sie jetzt denken, leier, leier, nee, nee, wir haben da eine Anlage, da stehen die Trauernden aber stramm, das sag ich Ihnen, und wenn wir dann den Mussorgsky da reinhauen, dann wollen Sie nie mehr in ein Live-Konzert von dem gehen. So muss man Leute beerdigen, glauben Sie mir!«

»Soll ich Ihnen mal ganz ehrlich was sagen, Herr Gerling? Ich hab da noch nie so richtig drüber nachgedacht, ganz ehrlich. Jetzt, wo Sie das sagen, merk ich das: Ich hab noch nie darüber nachgedacht, was denn eigentlich eine richtig gute Beerdigung ist. Man ist ja doch ganz schön arrogant und meint immer, das betrifft einen nicht.«

»Und dann, zack, haut's einen von den Füßen, und die Nachwelt guckt dumm in die Röhre. Schon x-mal erlebt so was. Glauben Sie mir, nicht jeder Hinterbliebene ist da so aufgeschlossen wie Sie, mit den meisten kann man sich gar nicht richtig unterhalten. Da heißt's immer nur, wie geht das jetzt möglichst flott über die Bühne. Da fühlt man sich als Bestatter, der sich den Arsch aufreißt, natürlich auch nicht richtig gesehen.«

»Oh Mensch, das kann ich mir vorstellen! Ich kann Ihnen das

im Moment aber aus eigener Anschauung ganz unmittelbar sagen, man kreist, zum Beispiel ich jetzt als Witwer, tatsächlich sehr um sich selbst.«

Nach circa einer Dreiviertelstunde angeregter Unterhaltung waren die Beerdigungsmodalitäten für Sabine geklärt, und Dieter fühlte sich mit seinem Anliegen bei den Gerlings in guten Händen. Herr Gerling würde am Nachmittag mit einigen Karten-, Sarg- und Gesteckvorschlägen vorbeikommen.

Besonders interessierte sich Dieter für die Karten mit dem Bildmotiv »Betende Hände« von Albrecht Dürer, einfach um zum Abschluss zwei Hände noch einmal in einem besseren Kontext darzustellen. Das war ihm schlicht ein Bedürfnis.

UNGLAUBLICH! Seit sechs Tagen war sie nun im Himmel und von der neuen Umgebung, den neuen Leuten, überhaupt allem Neuen derart in Anspruch genommen, dass sie sich erst heute dafür interessierte, was denn da unten bei Dieter so los war. Sie hatte sich in den »Mal-Gucken-Bereich« zurückgezogen, von wo aus man eine hervorragende Sicht bis in die letzten Winkel der Erde hatte, und zoomte durch leichtes Zusammenkneifen der Augen Düsseldorf heran.

Und landete ausgerechnet in ihrer Beerdigung.

Im Stoffeler Kapellchen saßen 76 Leute, 4 schluchzten.

Vier! Nicht zu fassen!

Natürlich saßen ihre Eltern vollkommen aufgelöst in der ersten Reihe und ahnten leider nicht, wie gut ihre Tochter es dort oben über ihnen angetroffen hatte. Aber die Aufgelöstheit der Eltern durfte man in einem einigermaßen normal entwickelten Eltern-Kind-Verhältnis ja wohl voraussetzen. Demzufolge wurden sie bei den vier tränenreich Trauernden auch nicht mitgezählt.

Aber diese Gefasstheit der anderen fand Sabine wirklich vollkommen fehl am Platze. Sie war doch weiß Gott ihr Leben lang eine super Freundin gewesen, da könnte doch zum Beispiel auch die Eva sich mal ein bisschen mehr reinhängen! Gerade die Eva! Man hörte sich doch zu Lebzeiten viel zu oft das Gejammer von Freundinnen zu immer denselben Themen an! Aber wenn dann mal eine richtige Gelegenheit zum Drama kam, dann einen auf tapfer machen. Das sah dann für die Tote natürlich ganz blöd aus! Jeder Außenstehende dachte da doch, so richtig zum Beweinen wäre man nicht gewesen. Wieder was gelernt. Müsste man nur früher wissen, so etwas. Pff, Eva …!

Und sie war stets so blöd gewesen, der heulenden Eva zu jeder Tages- und Nachtzeit zu versichern: »Nein, Eva, du hast keine dummen Augen! Und wenn, du könntest doch gar nichts dafür. Die sind halt so!« Immer wieder trösten, immer wieder neue Worte finden. Aber für eine Freundin war einem ja nichts zu schwer. Der Lohn, wenn sie dann wieder lächelte, war einfach zu schön.

Und jetzt saß die da pulvertrocken in der dritten Bank des Stoffeler Kapellchens!

Dafür jammerte Susanne, am anderen Ende der Bank. Das war aber auch irgendwie drüber. Die könnte doch mit Eva tauschen, mit Susanne hatte Sabine nämlich eher wenig zu tun gehabt.

Na ja, wer heulte, kriegte aber auch eine Hand gehalten, und das hatte Susanne schon immer gut gekonnt: Leute akquirieren.

Dieter schien wirklich in echter Trauer zu sein. In der ersten Reihe rechts neben seiner Mutter, die ganz dick auftrug, sah er verdammt gut aus mit seiner Sonnenbrille und dem schwarzen Leinenanzug. Und trotz eines lila Hemdes. Nun ja. Jetzt war es eh zu spät. Jetzt konnte Sabine ihn zu seiner Kleiderwahl nie mehr fragen: »Andere Menschen werden dich so sehen. Möchtest du das?« Seine Schultern zuckten, und er wirkte irgendwie zusammengefallen. Neben ihm zuckte die Hutkrempe seiner Mutter. Und zerwühlte Dieters Haar am ihr zugewandten Ohr, was der aber nicht zu bemerken schien. Er saß halt einen Tacken zu nah an der Mutter dran. Wie so oft bei Männern, immer einen Tacken zu nah an der Mama dran.

Den Hut musste sich Christa aber ganz neu gekauft haben. Den kannte Sabine noch gar nicht. Er war uni schwarz und sah so richtig nach Beerdigung aus. Den konnte sie doch zu anderer Gelegenheit gar nicht mehr tragen! Dann scheint sie mich aber wirklich gemocht zu haben, wenn sie sich zu meinem Ableben so ein teures Stück geleistet hat, dachte Sabine.

Das ist aber eine schöne Geste, posthum. Sabine durchfuhr ein warmes Gefühl. Es sei denn, Christa hatte sich auf den Beerdigungstag wegen ihres Hammer-Huts riesig gefreut, das würde dann wieder ein anderes Licht auf das Verhältnis zur verstorbenen Schwiegertochter werfen … Na klar hatte die sich darauf gefreut, ihren neuen Hut auszuführen! Womöglich hatte sie ihn schon lange vor Sabines Tod in der Stadt entdeckt und in Erwartung der heutigen Gelegenheit ohne groß zu fackeln die Scheckkarte auf den Tresen der Boutique gelegt! Womöglich hatte sie ihrem Sohn ja sogar den Tipp gegeben, sich von Sabine zu lösen. Weil sie diesen atemberaubenden Hut endlich tragen wollte. Die Ungeduld ihrer Schwiegermutter war nämlich legendär.

Das war hier ja sehr aufschlussreich! Damit ändert sich natürlich ab sofort unser Verhältnis, dass das mal klar ist, knirschte Sabine mit den Zähnen. Ach Quatsch, ihre Beziehung war ja eh beendet. Aber nach sechs Tagen Himmel hatte sich Sabine den veränderten Umständen natürlich noch nicht angepasst.

Mit den eben gewonnenen Erkenntnissen war es aber längst nicht genug. Die unhaltbaren Zustände da unten erfuhren noch eine Steigerung. In diesem Augenblick fingen 76 Leute an zu singen: »Herr, Deine Liebe ist wie Gras und Ufer.«

Tatenlos musste Sabine dem Geschehen zusehen:

Hatte sie das gerade richtig gehört?! Was war DAS denn?! Wie Gras und Ufer?! In der nächsten Strophe liebte sie Gott wahrscheinlich wie ein Fenster und ein Genitiv! Wie kam ein Mensch im normalen Leben zurecht, der solche Zeilen schrieb??? Oder sang???

Sie musste dringend Gottvater mal danach fragen, ob der auf so was jemals reagiert hatte. Der hatte ja ziemlich normal gewirkt beim letzten Zusammentreffen. Und einer, der am liebsten mit Wasser kochte, musste doch schielen bei solchen Behauptungen, wie sie da im Kapellchen geschmettert wurden.

Eine Freundin sang nicht mit. Ihre Lieblingskollegin Bettina.

Die saß da und schüttelte fast unmerklich den Kopf, auf den Lippen ein fassungsloses Grinsen. Sabine fühlte sich an die Momente in ihrer langjährigen Zusammenarbeit erinnert, als sie bei Elterngesprächen kurze, stumme Blicke ausgetauscht hatten, um sich gegenseitig kundzutun: Verlass jetzt bitte nicht den Raum, ich kämpfe gegen Dyspnoe. Häufig hatten sie in solchen »Entwicklungsgesprächen« bis zur Lachgrenze verschiedene Aussagen der Mütter oder Väter wiederholt, die sich ihrerseits dadurch umso ernster genommen fühlten. Sie als Erzieherinnen reagierten damit allerdings lediglich darauf, dass es einfach zu schade gewesen wäre, manche Gesprächsbeiträge nur ein einziges Mal zu Gehör zu bekommen. Sätze einer Mutter wie: »Meine Therapeutin hat auch gesagt, jetzt wär ich aber mal dran« verdienten doch dringend Beachtung. Auch noch mal abends beim Bier oder bei Geburtstagsfesten, wo man immer dankbar war für Anekdoten, die einem die Tränen in die Augen trieben.

Apropos Tränen. Bei näherer Betrachtung fielen ihr nun doch noch mehr um sie weinende Menschen in der Kapelle auf. Erleichtert stellte Sabine fest, dass ihre beiden Kusinen sich sogar gegenseitig halten mussten.

Verwandtschaft konnte sich auch schon mal lohnen.

Anne gehörte ebenso zu denen, die sich mit zwei Paketen Papiertaschentüchern ausgestattet hatten, wovon sie ausgiebig Gebrauch machte.

Drei Männer mit immerhin glasigen Augen entdeckte Sabine auch noch. Gernot, ihren Kfz-Mechaniker, zu dem sie, begründet durch völliges Desinteresse an Eigenleistung an ihrem Wagen, eine recht kontinuierliche Beziehung gepflegt hatte; Lukas, ihren Tennispartner, bevor sie festgestellt hatte, dass sie Tennis blöd fand, und Tobias, den schwulen Freund von Lukas, der es liebte, eine Gelegenheit zu einem Gefühlsausbruch zu bekommen, ohne sich dafür immer gleich als Heulsuse beschimpfen lassen zu müssen.

Und vollends versöhnt war Sabine mit der Trauergemeinde, als sie den Kranz ihrer 86-jährigen Nachbarin Frau Kessler entdeckte: »Richte aus, ich komme bald, und stell schon mal den Schampus kalt. Deine Nachbarin Gesine Kessler«.

Sehr vereinzelt gab es also durchaus Leute, die ahnten, was da posthum auf sie zukam, oder sie machten sich mit entsprechenden Fantasien einfach nur Mut, immerhin besser als die Idee vom Fegefeuer.

Also gut, die Bilanz mit mehreren um Fassung Ringenden und einer Albernen konnte sich jetzt unterm Strich doch sehen lassen.

ZWEI WOCHEN waren nun vergangen seit der aufwühlenden Beerdigung von Sabine. Schon oft hatte Dieter in den letzten Tagen das quälende Gefühl gehabt, dass der finale Umgang mit seiner Frau in dieser Art nicht nötig gewesen wäre. Er kam nicht so richtig klar damit.

Im Moment zum Beispiel stand er ratlos in der Küche. Er hatte diesen Raum noch nie vom Herd aus gesehen. Nachdenklich ließ er seinen Blick schweifen, während die Nudeln kochten. Schön, so eine Wohnküche. Von rechts fiel das Abendlicht durchs Fenster.

Al dente, hieß das, dass man die Nudeln länger oder kürzer kochte? Wurden die bissfester, je durcher die waren, oder genau umgekehrt?

Und wo war denn überhaupt diese spanische Spaghettizange, mit der Sabine die Dinger immer so einfach aus dem Topf geholt hatte?

Dieter kämpfte sich durch die erste Zubereitung einer warmen Mahlzeit nach drei Wochen Alleinlebens. Bisher war er immer schnell was essen gegangen oder hatte sich Brote gemacht. Aber die monatliche Miete betraf ja ebenso die Küche, und diese so gar nicht zu nutzen, dafür war die Wohnung dann doch zu teuer.

Er hätte mit Sabine unbedingt eine bessere Übergabe machen sollen!

Bügeln – auch so eine Sache. Wenn in einem Baumwollshirt Elastan enthalten ist, was Kenner mit der Hand erfühlen, Unkundige spätestens auf dem Zettel links innen nachlesen können, dann reagiert das Kleidungsstück auf Höchsttemperatur mit Schmelzen. Es klebt im selben Moment am Bügeleisen fest.

Und wenn man Staub saugt, kann man für die Ecken den unteren Teil des Saugers abmontieren. Das ist ganz einfach und man hat ruckzuck hinterm Bett gesaugt, ohne alle Möbel umstellen zu müssen.

Dieter lebte derzeit mit täglich steigendem Erkenntniszuwachs und entwickelte sogar Spaß daran, sich einen Teil des Lebens, den er bisher vollkommen ausgespart hatte, Schritt für Schritt zu erobern. Überhaupt beschlich ihn das peinliche Gefühl, dass es durchaus passieren konnte, dass ein ausgezahnter Mann mit abgeschlossener Berufsausbildung im Jahr 2010 hilflos vor einer Nadel und einem Faden kapitulierte.

Er stellte sich das bildlich vor: Am Morgen in einer Sitzung entscheidet zum Beispiel ein Bankmanager über ein paar Millionen Euro und Arbeitsplätze, und Stunden später muss ihm seine Frau sagen: Das, was ich hier mache, nennt sich: einen Knopf annähen.

Oh Mann!

Wie erniedrigend! Was verstand eine Frau überhaupt unter Erobert-Werden, wenn es sich dann dabei um einen Mann handelte, der keine Kartoffeln schälen konnte?

Und was waren das eigentlich für Frauen, die sich in private Versorgungsfälle verliebten? Kein Wunder, wenn man immer wieder hörte und las, dass nach der Geburt eines Kindes die Mutter das Interesse am Partner verloren hatte. Dann hatte sie ja quasi eine neue Baustelle. Und eine Alleinerziehende mit drei Kindern war dann also eine Mutter mit zwei Kindern und einem Mann.

Jetzt saß er aber auf einem Gaul, der mit ihm sehr weite Strecken zurücklegte! Wurde er jetzt Feminist?

Dieter musste ungeschönt feststellen, dass diese Tat sein Leben sehr verändert hatte. Einerseits genoss er das neue Selbstbewusstsein, das einherging damit, dass er zunehmend weniger auf die Betreuung durch eine Frau angewiesen war, und er genoss es auch, ganz neue Gedanken zu denken, andererseits war da dieses ständige schlechte Gewissen. Nachts wurde er wach – früher hatte er problemlos durchgeschlafen – und fragte sich, ob er sich nicht auch anders in den Haushalt hätte einarbeiten können. Dafür hätte Sabine ihren Platz nicht unbedingt ganz räumen müssen.

Zum Schluss seiner nächtlichen Überlegungen fand Dieter es jedes Mal einfach nicht mehr in Ordnung, was er gemacht hatte. »Es tut mir richtig, richtig leid!«, murmelte er dann in sein Kissen, und sein Gefühl wuchs, dass er sich nun auch irgendwie dazu verhalten musste. Bisher hatte er alles so ziemlich laufen lassen. Die Polizei ermittelte angestrengt in Sabines beruflichem Umfeld – er hatte ihre Kollegin Karolin in sehr schlechtem Licht dargestellt, was er jetzt auch nicht mehr okay fand –, und er versuchte in der Zwischenzeit, sein Leben als Witwer möglichst schillernd zu gestalten. Zum Beispiel hatte er sich von allen beigefarbenen Kleidungsstücken getrennt und sie gegen kräftigere Farben eingetauscht. Fand er eine sehr gute Entwicklung. Er bekam auch gute Rückmeldungen. Wahrscheinlich Wintertyp. Schwarz stand ihm zum Beispiel spitze. Auch nicht schlecht im Moment.

Tja, aber was sollte er nun tun, um langfristig wieder an mehr Schlaf zu kommen?

Seine Mutter würde wieder sagen, für Fehler muss man geradestehen.

MIT VOLLEN BACKEN kauend saß Sabine an ihrem Esstisch. Hier hatte sie gerade ein saftiges Stück Möhrenkuchen mit einer schönen schwarzen Tasse Kaffee zu sich genommen. Den Möhrenkuchen hatte sie aus dem Kopf nach Mamas Rezept gemacht. Ach, die Mama. Gut, dass es den Mal-Gucken-Bereich gab. Das verschaffte ihr die Möglichkeit, immer mal wieder einen Blick ins elterliche Haus zu werfen und zu sehen, wie sich ihre Mutter und ihr Vater in ihrem Leben ohne Tochter einrichteten. Gestern zum Beispiel hatte sie so miterleben können, wie die beiden beim Abendbrot über sie sprachen. Ihre Mutter hatte für Sabines Ohren doch sehr überraschend geäußert, dass sie eh nie damit gerechnet habe, ein langes Leben mit ihrer Tochter zu teilen, weil deren Rechts-Links-Schwäche gepaart mit ihrem Fahrstil irgendwann zu einem finalen Ergebnis hätten führen müssen. Andauernd wäre sie zusammengezuckt, wenn das Telefon klingelte, da sie seit Sabines erfolgreich abgelegter Führerscheinprüfung täglich auf einen Anruf gewartet habe, der ihr mitteilte, dass die letzte Autofahrt ihrer Tochter schlecht für diese ausgegangen sei. Insofern gäbe es jetzt in ihrem Leben sogar eine gewisse Entspannung. Diesen Äußerungen hatte Sabine mit gemischten Gefühlen beigewohnt. Entspannung zu fühlen, nach dem Tod einer Tochter, fand sie für eine Mutter einerseits unangebracht, andererseits wünschte sie ihrer Mutter durchaus, dass sie mit ihrem Ableben einigermaßen gut zurechtkam, das wiederum entspannte Sabine ja auch. So richtig verwundert war sie aber auch gar nicht gewesen über diese eher pragmatische Bemerkung.

Als sie mit ihrem ersten großen Liebeskummer nach Hause gekommen war, hatte die Mutter ihr Trost gespendet mit den Worten: »Schau mal, der Max war ja ein ganz guter Junge, aber der hat jetzt mit 15 schon die Veranlagung zum Fettwerden, das hättest du irgendwann selbst auch nicht mehr gemocht. Glaub mir das.«

Bei einem geschwisterlichen Zusammenstoß mit ihrem Bruder, der immer ein fürchterlicher Klugscheißer gewesen war, hatte die weitsichtige Mutter darauf hingewiesen, dass sie es eines Tages bestimmt zu schätzen wissen würde, dass der zwei Jahre Ältere immer einen leichten Wissensvorsprung hatte. So jemanden könne man schließlich immer alles fragen.

Sabine allerdings hätte sich lieber die Zunge abgebissen, als ihren übertrieben gut informierten Bruder jemals überhaupt irgendetwas zu fragen. Mit sechs Jahren hatte sie schon den Entschluss gefasst, dass dieser Junge, der mit ihr ungünstigerweise dieselben Eltern teilte, zwar vielleicht eines Tages interessante Bekanntschaften mit Freunden ermöglichen würde, aber lernen wollte sie bei konkreten Fragen doch lieber aus Büchern, die konnten einen beim Antworten nicht auch noch blöd angucken oder den Kopf schütteln mit so einem gewissen Schmatzen.

Der Frank nämlich hatte schon als Achtjähriger in jeder seiner Antworten mitschwingen lassen können, dass die Fragestellung selbst vollkommen unüberlegt war, er aber selbstverständlich großzügig genug, darüber hinwegzusehen und zu antworten.

Und dann kam man irgendwann bei seinem Zahnarzt an und musste sich fragen lassen: »Sag mal, knirschst du mit den Zähnen?«

Ihr Papa war eigentlich der Entspannteste in der Familie gewesen. Der hatte sich nie groß eingeschaltet in die Diskussionen am Esstisch, da war stets der letzte Wortbeitrag von der Mutter gekommen, die damit wie immer einen Ausblick in die Zukunft gegeben hatte. Eben so, wie sie gestern ihrem Mann beim Abendessen mitgeteilt hatte, dass sie im Fall von Sabine ja auch schon wieder früh gewusst hatte, dass ihre Tochter vorzeitig die Erde verlassen würde. Gut, mit der Vermutung der konkreten Todesursache hatte sie danebengelegen. Im Endergebnis dann aber doch wieder recht behalten.

Etwas unangenehm war Sabine der gestrige Abstecher im Mal-Gucken-Bereich geworden, als von ihrer Mutter zu vernehmen gewesen war: »Sollst mal sehen, der Dieter kommt immer so harmlos daher, aber der hat bestimmt in diesem Jahr noch jemand Neues! Wart mal ab.«

Bevor ihre Mutter noch weitere Prognosen von sich geben konnte, hatte Sabine lieber den Rückweg in ihr himmlisches Domizil angetreten. Es war dann noch ein schöner feuchtfröhlicher Abend mit ihr selbst geworden, bis es ihr zum Schluss wieder egal gewesen war, ob Dieter nun lange allein, zu zweit oder zu noch mehreren sein würde.

KOMMISSAR PELZER brach in schallendes Gelächter aus.

»Uaaahh, Entschudigung – prust! – verzeihen Sie, Herr Becher! Chrrrrr, kicher, aaah, oh Mann, ich bin wirklich unmöglich! Entschuldigung, huuaaah, chchchrrr!«, er kramte in seiner Uniformhose nach einem Taschentuch und wischte sich die Augen trocken.

»Ich finde das wirklich sehr nett von Ihnen, Herr Becher, dass Sie uns im Fall Ihrer Frau behilflich sein wollen, aber – chchchrrrrr, Entschuldigung! – ich kann Sie nun beim besten Willen nicht beim Staatsanwalt als geständigen – mmpfff! – Tähäter! – huuh, chchrr! – äh, Täter vorstellen! Nee, also das geht nun wirklich nicht! Ich verstehe, dass auch Sie dieses Thema gern schnell und unbürokratisch vom Tisch haben wollen, aber Sie müssen das ja so sehen: Dann läuft der wirkliche Täter weiter draußen rum und man weiß nicht, was der dann noch anstellt.«

Pelzer guckte Dieter aus rotgelachten Augen an, und Dieter war langsam wirklich angepisst. Mit allem hatte er gerechnet, aber möchte man *so* ausgelacht werden, wenn man sich der Polizei stellt? Möchte man von irgendeinem dahergelaufenen Beamten das Gefühl aufgedrängt bekommen, man wäre also noch nicht mal in der Lage, seine eigene Frau umzubringen? Diese Vorstellung schien für den aufgeräumten Herrn Pelzer ja wohl ausschließlich amüsant zu sein.

Dieter saß dem Kommissar ratlos gegenüber. Was tun? Pelzers Reaktion war ja Chance und Fluch zugleich. Einerseits könnte dies ja bedeuten, dass er, der Unschuldsstrategie folgend, straffrei bleiben könnte. Zumindest legte Pelzer ihm mit seinem Unglauben diese Möglichkeit sehr nahe. Andererseits wollte man doch nicht, einmal so ein Ding wie einen Mord durchgezogen, als für derart außergewöhnliche Aktionen völlig ungeeignet dastehen. Aufwand und Wirkung entsprachen sich dabei dann ja absolut nicht! Man brachte doch nicht unter Aufbringung allen Mutes seine Frau um, und dann blieb das vollkommen ungewürdigt!

»Haben Sie denn noch nie mit dem Gedanken gespielt, Ihre Frau umzubringen?«, blieb er an dem Thema dran.

»Ja, aber natürlich habe ich das! Einmal wöchentlich fröne ich diesem Gedanken! Aber ich schlafe dabei. Nennt sich Träumen, so was. Dann kann man's auch gleich öfter machen. Und trotzdem steht am nächsten Tag der Kaffee frisch auf'm Tisch. Clever muss man sein.«

»Aber Herr Pelzer, jetzt mal Spaß beiseite, was kann ich denn tun, damit ich als Täter infrage komme?«

»Tja, mein Lieber, da können Sie sich, glaub ich, auf den Kopf stellen«, zuckte Pelzer mit den Schultern. »Wenn es Ihnen so wahnsinnig wichtig ist, kann ich es ja mal an den Staatsanwalt weitergeben, aber erhoffen Sie sich davon bitte nicht zu viel. Es kann sein, dass Sie sich dann dem Staatsanwalt persönlich vorstellen müssen, der wird dann einige Fragen an Sie haben«, er fing schon wieder an zu lachen. »Und dann möchte ich gern dabei sein, wenn Sie sich da als Mörder bewerben und den Tathergang schildern, chchrrr!«

Dieter hatte genug. »Dann tun Sie das bitte. Geben Sie mir Bescheid, wann ich in der Staatsanwaltschaft erwartet werde, und alles andere sehen wir dann ja.«

Er erhob sich und ging zur Tür.

»Auf Wiedersehen, Herr Becher. Ich melde mich bei Ihnen. Und überlegen Sie sich das Ganze noch mal. Sie werden damit nicht sehr weit kommen, das sagt Ihnen auch meine zweiundzwanzigjährige Berufserfahrung.«

Dieter verließ das Polizeipräsidium und hatte nun ein echtes Problem mit seinem Selbstbild.

SABINE SASS auf einer Wolke und träumte vor sich hin. Genau hier war doch garantiert auch der Philadelphia-Frischkäse-Werbespot gedreht worden. Wenn sie den damals im Fernsehen gesehen hatte, hatte sie immer totale Lust auf Himmel gekriegt. Den Käse hatte sie schon als Kind nicht gemocht, aber der Spot war gut gemacht gewesen, und nun saß sie hier am vermutlichen Original-Schauplatz und wartete auf Jens.

Seine Anziehungskraft hatte immer noch dieselbe Wucht wie noch vor vier Jahren da unten in Düsseldorf.

Sie starrte vor sich hin, und dabei entstanden vor ihrem inneren Auge Bilder von Jens, wie er sie, an ihre gegenseitige Affinität zu Lebzeiten anknüpfend, hier nun umwarb, ihr den Himmel im Himmel versprach und sie sogar als Braut über die Schwelle in einen Traum von Schlafzimmer trug. Oh! Jetzt gingen aber ein paar Rösslein mit ihr durch. Im selben Moment durchfuhr sie ein scharfer Stich: Sie konnte Jens doch gar nicht heiraten! Dabei stand ihr ja Dieter im Weg. Oder war sie nun auch Witwe? Wie war das eigentlich geregelt? Das hatte sie sich ja noch nie gefragt: Verwitweten die Verstorbenen gleich mit? Oder galt das nur für zurückbleibende Partner? Das wäre ja unerhört: Da musste man sich erst vom eigenen Mann umbringen lassen, und dann war der Weg in eine neue, Glück versprechende Ehe im Jenseits von genau diesem Hampelmann versperrt! Nee, Freunde, da machte sie nicht mit! Sie würde sich da jetzt mal richtig kundig machen, und falls es wirklich so wäre, wie gerade ausgemalt, dann würde sie schön Rabbatz machen!

Da kam er! Jennnnns … Hmm …

»Na, Totenküken? Wie geht's dir heute?«

TOTENKÜKEN, wie süüüß! Dieser Typ war so … so … umwerfend, so voller Ideen, so … uaaah! Er öffnete ihr wirklich das Herz! Dieter hatte sich in all den Jahren nie mal Gedanken gemacht, wie er sie noch hätte nennen können außer Sabine. Sie hatte ihm das heimgezahlt, indem sie ihn ebenso konsequent Dieter nannte, aber nicht als seinen Vornamen meinend, sondern als Hänselei. Sie fand, Dieter zu heißen war Strafe genug, und so verlangte dieser Name nicht nach weiteren Beleidigungen. Und dass Dieter sich von ihr immer lediglich angesprochen, nicht aber beschimpft fühlte, hatte für sie stets den Reiz der Heimlichkeit gehabt. Man musste den anderen gar nicht immer wissen lassen, wann man ihn nicht für voll nahm. So was konnte man auch schon mal einfach nur für sich machen. Ein stiller Genuss! Der andere erfreute sich dann an der guten Laune seiner Frau, und man selbst hatte heimlich einen Riesenspaß.

Aber nun hatte Jens neben ihr auf der Wolke Platz genommen. Jens! Ob er sich auch ein kleines bisschen für sie interessierte? Die beinah zärtliche Anrede von vorhin könnte darauf schließen lassen. Sie wollte sich nicht zu sehr offenbaren, versuchte aber eine Entsprechung auf seine Kontaktaufnahme:

»Hi, … eeh … eeeh … Jens.«

Nicht so gut. Was konnte man denn total super auf Totenküken erwidern? Dieser Kerl legte die Latte wirklich hoch, das gefiel ihr ja so an ihm.

»Hh … Mmmpfff …« Hoffentlich sah sie nicht auch noch so bescheuert aus, wie es ihr Ringen mit den Buchstaben vermuten ließ.

»Ja?«, fragte Jens zurück. »Ich hab dich gerade ganz schlecht verstanden, weil ich eben noch ein paar Runden im Pool gedreht habe, dann sind meine Ohren immer randvoll mit Wasser«, erklärte er und schüttelte heftig seinen Kopf. Sabine atmete auf.

»Heute Abend findet ja das Fest in der Eingangshalle statt.« Jens strahlte sie an. Er strahlte eigentlich immer. »Die Never

Comebacks haben sich auch angesagt. Das wird bestimmt eine geile Party!«

»Wer sind denn die Never Comebacks? Als ich hier ankam, hab ich am Eingang schon ein Plakat von denen hängen sehen, aber da war alles so neu für mich, ich hab das gar nicht richtig realisiert.«

»Die spielen eigentlich auf jeder Party hier oben live. Es sind zwar mittlerweile auch einige wirklich anerkannte DJs hier angekommen, aber wenn du so eine super Live-Musik haben kannst wie von den Never Comebacks, dann haben die Jungs mit ihren Plattenkisten leider schlechte Karten. Darüber sind die natürlich stark angefressen, aber bei den Never Comebacks handelt es sich immerhin um Maurice Gibb, Rex Gildo, Eva Cassidy, Ray Charles, Maria Callas, Jimi Hendrix, Mozart, Kurt Cobain und ein Double von Xavier Naidoo, auf den echten warten wir hier alle sehnsüchtig!«

»Wow! Schade, dass auch der Enrique Iglesias noch nicht da ist, ne? Aber insgesamt schon eine tolle Truppe. Was ist denn mit Elvis? Wieso ist der denn nicht dabei?« Jens verarbeitete noch sichtlich den Impuls, Enrique Iglesias zu vermissen, fand dann aber seine Worte wieder.

»Der hatte immer den Mega-Stress mit dem Rex, und dann hat er irgendwann keinen Bock mehr auf das Theater gehabt und eine eigene Band gegründet, die Forever Gones. Die sind auch nicht übel: Compay Segundo, Anneliese Rothenberger, Notorious B.I.G., Sascha Distel, Jacques Brel – die sind sich auch nur am Fetzen – und dann noch Janis Joplin und Robert Schumann. Die beiden Letzteren sind übrigens seit einem halben Jahr zusammen. Seitdem lässt die Janis komplett die Pfoten vom Koks und Heroin und so. Der Schumann muss die ganz schön durchorgeln, hört man. Na ja, Flurfunk, aber oft ist da ja trotzdem was dran.«

Sabine staunte nicht schlecht. Hier war ja einiges los. Sie hatte sich das mit dem Himmel immer so, tja, sie wusste auch nicht wie, vorgestellt. Stiller auf jeden Fall. Schläfrig eben, weil man ja immer sagte, der und der ist entschlafen.

»Dann sind also wieder so um die 100 Neuankömmlinge zusammengekommen, wenn heute Abend Party ist?«

»Ach, noch eine ganze Menge mehr. Ich bin irre gespannt, wer da so alles aufschlägt. Von denen, die schon länger da sind, kennt man ja auch immer noch nicht alle. Das läppert sich ganz schön mittlerweile, da kannst du unmöglich jeden schon mal getroffen haben. Die Monroe zum Beispiel, nach der guck ich mir seit Jahren die Augen aus dem Kopf, aber ohne Ergebnis. Oder Heinz Rühmann, auch so 'n Fall, wer mit dem gearbeitet hat, erzählt, dass der ganz schön übel drauf war. Nix netter Kollege oder so. So einen willst du dir dann doch mal von Nahem ansehen. Aber Fehlanzeige. Keine Ahnung, wo der sich rumtreibt. Manchmal häng ich auch stundenlang im Eingangsbereich rum, weil ich mir ausgerechnet hab, wer so langsam mal als Nächstes hier ankommen müsste. Sean Connery zum Beispiel, den will ich auf keinen Fall verpassen, aber ich glaub, der dauert noch ein bisschen, ne?«

»Das glaub ich aber auch! Interessiert dich denn die Courtney Love nicht? Die müsste doch auch bald so weit sein, bei dem, was die so alles einschmeißt.«

»Und was hätte ich davon? Eins auf die Zwölf vom Cobain, nee danke!«

»Kriegen denn die Angehörigen Bescheid, wenn einer aus der Familie anrückt?«

»Ach, die meisten überlassen das hier dem Zufall, wem sie so über den Weg laufen, aber dem Kurt würde ich zutrauen, dass der das riecht, wenn seine Courtney hier vor der Tür steht.«

Sabine kicherte und ließ sich dabei etwas gegen Jens' Schulter sinken. »Hach ja, sie war eben immer seine ganz große Liebe!«

BINGO! Er rückte nicht weg! Yeah!

»Toll, große Liebe, und sich dann in irgendeinen Speicher hängen!«, entgegnete Jens und rückte etwas zur Seite. »Du hast ja kaum Platz hier, seh ich grade!«

»Ach was, das wär schon gegangen«, murmelte Sabine und stand auf. Alles, was sich vorher zum Herzklopfen angeboten hatte zwischen ihnen, zerrann gerade einfach irgendwohin. Am Ende ihres Gesprächs war von einer besonderen Atmosphäre um sie herum nichts mehr zu spüren. Wie war ihnen das denn abhanden gekommen?

»Ich geh dann mal gucken, was ich heute Abend anziehe. Vielleicht interessiert das ja dann irgendjemanden.«

»Und wenn heute nicht, dann nächstes Mal, da kannste die Ruhe bewahren. Hier oben findet irgendwann jeder Pott 'nen Deckel«, tröstete Jens ihr hinterher.

Zähneknirschend legte Sabine den Weg zu ihrem Luxus-Bungalow im Retro-Look der 60er-Jahre zurück.

So hatte sie sich den Himmel nun wirklich nicht vorgestellt! Den Anfang machte für sie also direkt eine unerfüllte Liebe. Wie jämmerlich. In der irdischen Vorstellung vom Jenseits ging es immer eher um schlaraffenlandhafte Zustände, mit einem Überangebot an Amore, und ernüchternde Momente blieben da natürlich gänzlich außen vor. Aber klar, über das Jenseits unterhielten sich ja auf Erden auch grundsätzlich nur Leute, die absolut keinen Schimmer vom Thema hatten. Woher auch? Von ein paar Nahtoderfahrenen mal abgesehen. Sie selbst hatte allerdings nie einen von denen getroffen.

Die neue Wohnsituation jedoch übertraf zugegebenermaßen alles, was sie bisher gekannt hatte. Lichtdurchflutete 300 Quadratmeter mit Pool und altem Baumbestand. Und von wem nun sollte sie sich im Becken den Bikini öffnen lassen?

Sabine betrat ihren Flur und gab der Haustür mit dem rechten Fuß einen Tritt, sodass sie krachend ins Schloss fiel. Sie warf ihre Schlüssel missmutig auf die Bar, die den Küchen- vom Wohnbereich trennte, und öffnete die Terrassentür. In die Sonne blinzelnd rief sie sich zur Ordnung: Jetzt verlier mal nicht gleich die Nerven, du bist ja drauf wie in Düsseldorf, das kann es ja wohl nicht sein! Sie plumpste auf einen ihrer Liegestühle und fing an, von der Party am Abend zu träumen. Wenn sie keine Fremdel-Attacke überkam, dann hatte sie da doch eine großartige Möglichkeit, sich mal so richtig umzuschauen. Schließlich hatte sie schon oft in der Düsseldorfer

Tageszeitung Unfallopfer abgebildet gesehen, bei denen sie gedacht hatte: schade drum. Und hier kehrte sich diese Sichtweise nun um in: Schön, dass Sie da sind!

Dieser Gedanke gab ihr unmittelbar Aufwind, und sie nutzte die nächste Stunde, um sich noch etwas Sonnenbräune zu holen.

Als sie nach 70 Minuten wieder erwachte, spannte die linke Gesichtshälfte etwas. Vor dem Spiegel, den sie daraufhin hektisch aufsuchte, erkannte sie einen halbseitigen Sonnenbrand, der sie höchstens mit sehr gutem Willen komisch aussehen ließ. Mit ebenfalls glühenden Armen und Händen durchwühlte sie sofort den Badezimmerschrank nach einer kühlenden Salbe. Sie fand ein Gel, das die linke Gesichtshälfte nach dem Auftragen zusätzlich glänzen ließ, und damit war die zuvor mit großzügigem Auge beschriebene Komik eingetauscht gegen So-geht-es-gar-nicht. Das zu Hilfe geholte Puder wollte auf der gegelten Oberfläche auch nicht so recht halten, und nun war Sabine mit ihrem Latein am Ende. Zumal sie damals in der 10 stattdessen auch Französisch gewählt hatte. Ihre Mutter hatte immer behauptet, das werde sich eines Tages rächen. Sabine haderte augenblicklich wieder mit ihrer Mutter und deren schlechten Prognosen. Heiße Tränen rannen ihre Wangen hinunter. Rechts ging es, aber links brannte das höllisch auf der Haut. Und hinterließ im Puder unschöne Streifen.

Sollte sie das heutige Fest auslassen und auf das nächste hoffen?

NICHT AHNEND, womit seine Frau da oben befasst war, saß Dieter im Besprechungsraum des Reisebuchverlages und wartete auf seine drei wichtigsten Kollegen. Er wollte ihnen eine richtungsweisende, für ihn persönlich sehr entscheidende Frage stellen, bevor sie mit ihrer wöchentlichen Dienstbesprechung begannen.

Paul und Heiner betraten als Erste den Raum.

»Hey, Dieter, alte Pflaume!«, schepperte Heiner ihm entgegen.

Pflaume. Er rief bei Heiner also die Assoziation einer Pflaume hervor, oder wie sollte man das verstehen?

Einer alten Pflaume.

Respekt drückte er damit nicht aus, fand Dieter. Eine Kiwi, weit hergereist, vitaminreich, wäre zwar immer noch ein blöder Obstvergleich, klar, würde aber anders klingen, weil eine Kiwi eben, die war ja schon hochwertiger, doch Heiner hatte ausdrücklich Pflaume gesagt.

Für Dieter, der seine engsten Kollegen heute hatte fragen wollen, was sie ihm eigentlich, wenn sie mal genau über ihn nachdachten, so zutrauten und ob darunter auch eher aufregende Tätigkeiten wie ein Mord seien, war das schon mal ein denkbar schlechter Anfang. Dieser Pflaumenvergleich kam dem schallenden Gelächter des Kommissars ziemlich nah.

»Äähm, Heiner? Wie meintest du das eben mit der Pflaume?«

Heiner sah ihn verständnislos an. »Hallo? Alles klar bei dir, Dieter?«, fragte er zurück. »Was für eine Pflaume?«

»Du hast eben beim Reinkommen gesagt: Na, Dieter, alte Pflaume, und ich will jetzt von dir wissen, wie du das gemeint hast.«

Heiner kratzte sich am Kopf. »Tja, wie hab ich das gemeint? … Deine Kopfform vielleicht? Nein, nein, nein! Jetzt schnapp nicht gleich wieder ein, Mann, das war ein *Scherz!!* Was ist denn mit dir los heute?! Immer noch die Sache mit Sabine?«

Er guckte Paul an, der die Schultern zuckte.

Manchmal war man in Sachen Mitgefühl bei Männern doch am besten aufgehoben.

»Fangen wir mal anders an: Welches Obst wär dir denn lieber?«, setzte Heiner noch mal nach.

Jetzt wird's irgendwie richtig beschissen, dachte Dieter. »Ach, vergiss es«, murmelte er. »Vergiss es einfach …«

Nun saßen sie da, und jeder guckte vor sich hin.

»Wo bleibt denn der Rolf?«, stieg Dieter nach einer elend langen Minute wieder neu ein.

»Der wollte aufn Markt. Paar Birnen besorgen.« Für Heiner schien das Thema noch nicht ausgereizt. Er stieß Paul in die Seite, und beide fingen wieder an zu lachen.

»Aber wir können den auch schnell anrufen, dass er 'n paar Pflaumen mitbringen soll«, kam ihm Paul noch mal zu Hilfe.

»Das macht der bestimmt, chrrrr!«, japste Heiner noch einen drauf. Die beiden geierten sich so richtig schön ein.

»Hauptsache, ihr habt Spaß«, zischte Dieter sie an und verließ ohne noch irgendein weiteres Wort den Raum.

»Och, Mensch, Dieter, komm! Du verträgst doch sonst Spaß!«, tönten die beiden Zurückgelassenen.

So geht das nicht, dachte er,während er wütend die Herrentoilette aufsuchte. Jetzt würde er von seinen Kollegen weder erfahren, was genau sie von ihm hielten – wobei ihre Performance gerade ja schon recht deutlich gewesen war –, noch würden sie nun mit dem großen Nordkorea-Reiseführer weiterkommen, um den es bei ihrem Zusammentreffen eigentlich hatte gehen sollen. Und Rolf später noch einmal allein auf sein ursprüngliches Anliegen anzusprechen, war auch nicht so ratsam, der war nämlich der Albernste von allen. Eigentlich hat Heiners und Pauls Reaktion doch auch schon gereicht, dachte Dieter, zurück in seinem Büro. Die nehmen mich nicht für voll. So ist es. So ist es einfach.

Dieter nahm nach einer Weile den Telefonhörer in die Hand und wählte die Nummer eines Kollegen aus einem befreundeten Verlag. Dort hatte man sich auf Ratgeber spezialisiert.

Er wählte Armins Durchwahl und:

»Bodewald.«

»Hi, Armin, hier ist Dieter.«

»Mensch, Dieter, das ist ja'n Ding, dich gibt's noch? Ich hab gestern zu meiner Frau gesagt, vom Dieter hab ich so lang nichts gehört, ob der noch lebt? Den hat die Sabine bestimmt hopps genommen beim letzten Krach, kennst ja Sabine, immer voll auf die Zwölf, HARR! HARR! Nichts für ungut, was treibt dich ans Telefon, mein Lieber?«

Dieter stimmte etwas bemüht in Armins Lachen ein.

»Ha! Ha! Armin! Jaa, was soll ich sagen, gar nicht so schlecht. Du warst nah dran mit deiner Vermutung. Jetzt tausch Sabine gegen Dieter und du hast es: Die *Sabine* ist tot, erwürgt worden, hat sich das noch gar nicht zu dir rumgesprochen?«

Schweigen am anderen Ende.

»...«

»Armin?«

»Dieter?! Sag, dass du Witze machst!«

»Geht nicht. Ist die Wahrheit.«

»...! Scheiße. Dieter! Scheiße! Oh Mann! Tut mir leid. Ich ... weiß gar nicht, was ich sagen soll, Oh Mann! Dieter! Wann ist das denn passiert? Und ... Und ... Wie ist das denn passiert?!«

»Vor Kurzem. Erwürgt. Mehr weiß man noch nicht.«

Dieter hatte kurz überlegt, ob er die Testreihe mit Armin fortsetzen und ihm eröffnen sollte, dass er selbst der Täter war, aber falls Armin dann auch noch in dasselbe Horn getutet hätte wie die unsensiblen Kollegen, das wäre ihm heute eins zu viel aufs Maul gewesen.

»Du, viel mehr kann ich dir dazu im Moment auch noch

nicht sagen, war natürlich 'n ganz schöner Hammer, kannste dir vorstellen, aber warum ich eigentlich anrufe: Habt ihr noch den Respekt-Ratgeber im Programm?«

»Den ›Hoppla, jetzt komm ich!‹ oder meinst du den ›Leichen pflastern meinen Weg!‹? Wofür brauchste den denn?«

»Ach, ich wollt 'ner Kollegin, die hat im Moment 'n paar Probleme mit Durchsetzen und so, da dacht ich, das könnt doch mal was Schönes zum Schmökern sein. Weißte, die muss sich öfter mal blöde Sprüche anhören und so, da dacht ich einfach, so'n Respekt-Ratgeber …, weißte?«

»Ich schick dir mal den ›Hoppla‹, ich könnt mir vorstellen, das ist das, was du meinst.«

»Äähm, der Leichen-Ratgeber, ich weiß nicht, find ich irgendwie witzig … tuste mir den noch dazu?«

»Wie? Für dich jetzt?«

»Neee, HA! HA! Quatsch! Neenee, auch für die Kollegin. Soll se sich einfach selbst aussuchen, welchen sie besser findet. So meinte ich.«

»Alles klar, Dieter, kein Problem. Steck ich dir beides in die Post. Tja, Mensch, und mehr kann ich grad auch gar nicht für dich tun, oder? Dass du einfach mal bei uns vorbeikommst? Aber so als frischer Witwer ein Paar besuchen, ist auch irgendwie … Uns geht's nämlich im Moment wirklich großartig miteinander, es stimmt einfach alles, das haut dann noch mal mehr rein, kann ich mir vorstellen.«

»Öööh …«

»Überleg's dir einfach, Dieter. Hiermit steht mein Angebot. Wenn du uns brauchen kannst, ruf an, unsere Tür steht offen! Und ich kann aber absolut nachvollziehen, wenn du im Moment lieber mit Singles zusammen bist, kein Thema. Mach dir um uns da mal keinen Kopp. Heike wird das auch verstehen, oh Gott, der muss ich das ja auch erst noch verklickern!«

»Okay, danke, Armin, ich guck mal. War schön, dich mal wieder zu hören, ich meld mich einfach dann demnächst mal.«

»Wie gesagt, absolut kein Problem, wenn nicht, Dieter! Ich

schick dir jetzt erst mal die zwei Bücher, und du meldest dich einfach nicht, für uns *überhaupt gar kein* Ding.«

»Jaja, vielen Dank.«

»Tschüss, Dieter. Halt die Ohren steif …«

»Tschüss, Armin.«

IM JENSEITS waren die Partyvorbereitungen in vollem Gange. Allerdings auch schon etwas routiniert, weil ja keine Seltenheit bei so vielen Neuankömmlingen am Tag, im Monat, im Jahr.

Für Sabine war die Aussicht auf das Fest natürlich noch etwas Aufregendes, insbesondere, weil sie immer noch keine Lösung für ihre verbrannte Gesichtshälfte gefunden hatte.

In ihrem irdischen Leben hatte sie sich durchaus schon mal geschminkt, aber über Wimperntusche und Lippenstift war sie eigentlich nie recht hinausgekommen. Das rächte sich nun, weil sie weder ein deckendes Make-up besaß noch wusste, wie sie es denn hätte auftragen sollen, wenn sie entsprechendes Material gefunden hätte. Ihr himmlisches Heim war hervorragend bestückt, es gab Nussknacker, Schuhanzieher, Fön, Spargelschäler, aber selbst beim dritten Durchstöbern fand sie nirgends diese beige-braune Paste, die ihre Kollegin Bettina sogar immer auf der Mitarbeitertoilette in einem Extra-Täschchen liegen gehabt hatte.

Gottverdammter Mist! ... okay: verdammter Mist!

Sie könnte sich natürlich auch vor die Tür trauen und mit ihrem Anliegen bei einer Nachbarin vorstellig werden. Schließlich war sie doch im Himmel, so etwas wie »Pff, ist doch nicht mein Problem!« und sie dann wegschicken war damit ja quasi ausgeschlossen. Je länger sie über ihre Situation nachdachte, desto einzig sinnvoll erschien ihr diese Lösung. Also, Bungalow-Schlüssel geschnappt und ab vor die Tür. So richtig umgesehen hatte sie sich bisher noch gar nicht, aber ohne behandeltes Gesicht konnte sie jetzt auch keine weiteren Strecken gehen, zu groß die Gefahr, dass ihr andere Himmelsbewohner begegneten und man später auf der Party mit Fingern auf sie zeigen würde: »Das ist doch die mit dem verbrannten Gesicht! Die schlich doch eben noch zwischen den Bungalows rum! So wie die aussieht, würde ich nie das Haus verlassen!«

SABINE!!! DU BIST IM HIIIIMMEL!!!

Schon wieder vergessen! Das konnte man sich aber auch nicht so schnell merken. Eben noch in Düsseldorf von einem vorbeirasenden Landrover mit der kompletten Pfützenfüllung vollgespritzt und unter hämischen Blicken nach Hause geschlichen, sollte man hier jetzt plötzlich umschalten auf Hey! Peace! Komm, ich helf dir!

Sabine passierte einen wunderschön blühenden Vorgarten, und ihr Blick fiel auf das Namensschild des benachbarten Domizils: KNEF stand da. Wenn das tatsächlich die Knef war, dann war das der Hauptgewinn! Wenn die nämlich nur einen Bruchteil der Kosmetika bereithielt, die sie früher im Gesicht gehabt hatte, dann konnte sich Sabine da reichhaltig bedienen! Da sähe man aber nichts und gar nichts mehr von irgendeinem Sonnenbrand! Und wenn die Frau Knef dann noch eine schöne Scheibe auflegte, dann würde sie so richtig locker auf die Party zugrooven!

DINGDONG!

...

Hm. Machte keiner auf.

Oder dauerte es nur ein bisschen länger, weil die Knef – hoffentlich war sie es wirklich! – vielleicht auch schon was an der Hüfte hatte? Die war ja nicht mehr so jung gewesen, als sie starb. Hatte die was an der Hüfte gehabt? Wusste Sabine jetzt gar nicht, hatte darüber mal was in der Zeitung gestanden?

Noch mal klingeln, nicht noch mal klingeln?

DINGDONG! Puh, jetzt hatte sie sie vielleicht sauer gemacht, falls sie zu Hause war und entweder einfach keine Lust auf jemanden vor der Tür hatte oder sich seit dem ersten Klingeln im Schneckentempo vorwärtsschob.

DA! Die Tür ging auf!

»Hallooo! Ich krieg Besuch! Schönen guten Tag, Sie kenn ich ja noch gar nicht! Ich brauch immer so ewig, bis ich an der Tür bin, weil mir auf dem Weg dauernd irgendwas ins Auge fällt, was ich dann sofort mal eben mache. Blöde Angewohnheit, aber so hab ich jetzt wenigstens den Spül erledigt. Und Sie waren so schlau und haben einfach noch mal geklingelt, da hatte ich beim Gläser-Polieren nämlich schon wieder vergessen, dass ich eigentlich zur Tür wollte. Was führt Sie zu mir?«

»Guten Tag, Frau Knef, Mann, ich muss erst mal verdauen, dass Sie's wirklich sind. Frau Hildegard Knef!!«

»Sag Hilde, Kindchen, vielleicht geht's dann leichter. Das wird dir hier noch öfter passieren, dass du irgendwelchen Berühmtheiten über den Weg läufst. Und irgendwann ist das dann auch ganz normal für dich, glaub mir.«

»Ha! Das kann ich mir aber kaum vorstellen! Nee, nee, das kann ich mir echt nicht vorstellen!«

»Wir sind hier oben alle keine großen Nummern mehr, weil es hier so was wie Management, Pressearbeit und alles, was uns da unten so gepusht hat, gar nicht gibt.«

»Ach so!«

»Siehst du! So ist das! Kein großes Theater um einen, und schon biste ein ganz normaler Fleischfresser. Oder Vegetarier. Aber dich hat's ordentlich verbrannt, was? Wie hast du das denn angestellt?«

»Ach, ich bin auf der Terrasse in der Sonne eingeschlafen. Und ich will so gerne heut Abend auf die Party gehen, aber so kann ich mich da unmöglich blicken lassen.«

»Ach, ist heute schon wieder Party, ich bin noch gar nicht an den Plakaten vorbeigekommen. Ich hab ja auch schon einige miterlebt, da ist eine mehr oder weniger nicht mehr so bewegend. Tja, aber was machen wir jetzt mit dir?«

»Sie haben nicht vielleicht etwas Abdeckendes da, das ich mir heute Abend auftragen könnte?«

»Nee, mein Mädchen, hab ich leider nicht! Ich habe mir vor zwei Jahren ein Permanent-Make-up machen lassen, weil ich einfach keine Lust mehr auf das ständige Gepinsel hatte. Und ich habe wirklich absolut nichts mehr im Haus. Außer Olivenöl, damit pfleg ich einfach meine Haut.«

Sabine ließ die Schultern hängen. Das war eine niederschmetternde Nachricht.

Die Knef nahm ihren Arm, zog sie in den Flur und sagte: »Jetzt kommste erst mal rein, Kindchen, und ich mach uns ’nen schönen Cava auf, das ist ein spanischer Sekt vom Feinsten. Den kann man auch schon mal mitten am Tag trinken. Auf jeden Fall, wenn es so aussieht, dass man abends eh nicht vor die Tür geht.«

»Wieso?! Nicht vor die Tür?! Ich hab doch grad gesagt, dass heute Abend die Party ist!«

»Jaja, sicher. Aber überleg mal: Wenn du noch irgendwo etwas Abdeckendes findest, dann hast du immer noch die Schwellung im Gesicht, die ich eigentlich sogar noch schlimmer finde als die Rötung. Man erkennt ja gar nicht richtig deine Konturen. Also, ich wäre so nie irgendwo hingegangen.«

Die Frau hatte recht. Sie versuchte hier unter größten Mühen, ihre Teilnahme am Fest zu retten, aber wollte sie so kennengelernt werden? Wollte sie den ganzen Abend an einer Wand stehen, die unbeschädigte Gesichtshälfte in den Raum drehend, die dicke zur Wand? So konnte man ja nun wirklich mit niemandem feiern! Komm, Sabine, sauf der Knef den Cava weg und dann leg dich ins Bett.

In der Zwischenzeit hatte die Knef sie in ihr großzügiges Wohnzimmer geschoben, voller goldener Schallplatten, voller Fotos, voller Bücher. Volles Glas. Sabine nahm es dankbar entgegen, und sie prosteten sich zu.

»Das ist ja schon eine Wucht, dass Sie direkt neben mir wohnen und ich jetzt hier so einfach mit Ihnen sitze und Sekt trinke!« Sabine hatte das erste Glas auf ex in sich hineingeschüttet und kicherte. »Ham Sie noch’n Schlückchen für mich?«

»Aah, so gefällst du mir schon besser! Eine verpasste Fete ist ja kein Drama, dann wird die nächste noch mal so gut! Du hast hier oben alle Zeit der Welt, hier muss man sich mit nichts beeilen.«

»Oh! Ich hab mich noch gar nicht vorgestellt! Entschuldigung! Mein Name ist Sabine Becher, ich komme aus Düsseldorf, mein Mann hat mich umgebracht – und da bin ich nun.«

»Na, dann herzlich willkommen im Paradies, meine Liebe!«

In den folgenden Stunden vergaßen beide Frauen vollkommen die Zeit. Sabine musste der Knef natürlich den Tathergang, wie im Detail Dieter das mit ihr angestellt hatte, in allen Einzelheiten schildern, die Knef konterte mit OP-Berichten, und den mies erzogenen Dr. Paul Marzahn kannte sie sogar noch aus der Zeit, als er Arzt im Praktikum in der Berliner Charité gewesen war.

Zu später Stunde kredenzte Hilde – man war jetzt auch auf Sabines Seite besiegelt und beschluckt beim Du – selbst gemachte Pastetchen mit selbst gemachtem Ragout fin, und nicht einmal noch dachte Sabine daran, dass sie an der Partyfront etwas verpassen könnte.

DIE ZEIT VERGING. Sabine war nun seit drei Monaten beerdigt, und Dieter bewegte sich immer selbstverständlicher in seinem Allein-Leben. Es war ihm anfangs recht schwergefallen, diese andauernde Stille zu Hause auszuhalten. Er hatte sich früher häufig gewünscht, dass Sabine mit etwas weniger Mitteilungsdrang ausgestattet wäre, weil sie natürlich seine Versuche, mit »Jaja« und zustimmendem »Hmm« um aufwendigere Gespräche herumzukommen, stets vehement abgelehnt hatte. Sabine hatte nie verstehen können, wie man stumme Ruhe einem Gespräch vorziehen konnte. So ganz verstand er das jetzt auch nicht mehr. Es gab sogar den einen oder anderen Moment, in dem er sich gerne an dieses plappernde Dauergeräusch erinnerte, jetzt, wo Sabine ihm nicht mehr von ihrer Freundin Anne, ihrem Friseur Timo mit seinen bahnbrechenden Kopfmassagen, ihren Kindergartenkindern und deren leider dazugehörigen Eltern und von so vielem mehr erzählte. Sein Problem war dabei ja auch gar nicht unbedingt das Zuhören oder, sagen wir, das Anwesend-Sein gewesen, sondern die oft geäußerte Erwartung von Sabine, darauf etwas zu erwidern. Aber was sagte man auf: »Du, die Anne hat die Haare jetzt im Nacken ein bisschen kürzer. Find ich nicht schön, das macht den ganzen Hals so kompakt«? Was sagte man da? Auch heute, mit gehörigem Abstand zu diesem Gesprächsangebot seiner Frau, fand er darauf keine Antwort.

Warum hatte sie stattdessen nicht gesagt: »Mann, hast du das gesehen?! Da plätschert das Spiel so öde vor sich hin, den Bayern fällt absolut nix ein, die lassen die Räume mal frei, mal machen die hinten alles dicht, total kein Konzept, und von der 97. bis zur 102. Minute haut der Geromel dem Butt drei Dinger zwischen die Beine. Drei Dinger!!! Der ist der Hammer, der Typ!« Dann hätte er ihr noch mal Geromels komplette Biografie runterrattern können, seine Treffer aus den letzten sieben Spielen, und danach hätten sie aufregenden Sex gehabt.

Aber stattdessen Annes Haare im Nacken. Kürzer. Und der Hals – was war der noch mal? – dicker, nee kompakter. Tja. Also … Schade. Für die Anne.

Dieter saß in seinem Wohnzimmer und übte leise vor sich hin. Es musste doch irgendeine Entgegnung auf diesen kompakten Hals geben. Schließlich wollte er in Zukunft nicht immer solo bleiben, und würde er nicht die gleichgeschlechtliche Liebe entdecken, dann *musste* er auf solcherlei Äußerungen von Damesseite eine Antwort haben!

So was kam ja ständig. Du ahntest nichts Böses und zack! – plötzlich war das Kleid der Frau, die da vorne gerade aus der Tankstelle kam, viel zu kurz, weil deren Knie zu kräftig. Und dann sag mal was. Und der Kassierer hatte bestimmt gerade familiär Riesenstress, so wie der drauf war. Haste das nicht bemerkt? Der wirkte doch total unter Druck! Vielleicht auch Druck auf der Arbeit, keiner hat ja mehr Sicherheit heute, auf jeden Fall war mit dem was, das konntste ja auf hundert Meter spüren! Du nicht? Was machst du denn in der Zeit?! Du hast doch auch direkt vor dem gestanden! Wie kann einem das denn *nicht* auffallen?! Das frag ich mich jetzt ernsthaft.

Und so weiter und so fort.

Ständig war was.

Ständig geriet man aneinander.

Jetzt fiel ihm diese absurde Geschichte mit dem Eierlöffel wieder ein. Sabine hatte irgendwann ganz stolz zwei perlmutterne Eierlöffel aus der Stadt mitgebracht, und eines Tages gab es davon nur noch einen. Wo war der andere hingekommen? Damit hatte sie ihn tatsächlich einen ganzen Sonntag lang immer wieder rasend gemacht. Dass er, Dieter, so nachlässig sei mit den Dingen, wie besonders diese Art von Perlmutt gewesen sei, dass er, der Löffel, auf keinen Fall zu ersetzen sei.

Solche Konflikte hatte es immer wieder gegeben, und heute saß er auf der Frage, wie man denn in die Lage kommt, herauszufinden, was nun ein wichtiges Thema ist und was nicht. Wie sollte man darüber im Zusammenleben jemals einen Konsens finden?? Die Eierlöffel-Geschichte war für ihn damals vollkommen irrelevant gewesen, Sabine hingegen fand sie wert, auch noch abends im Bett, weit entfernt vom sonntäglichen Frühstück, diesen behämmerten Eierlöffel lautstark zu vermissen.

Und nun hatte diese absurde Geschichte in der vergangenen Woche auch noch eine Fortsetzung gefunden:

Freitagabend beim Nachhausekommen hatte er ein kleines Päckchen aus dem Briefkasten geholt, es oben in der Küche stehend geöffnet, und da war ihm ein perlmutterner Eierlöffel – DER perlmutterne Eierlöffel! – in die Hand gefallen mit einem Schreiben aus der Gerichtsmedizin anbei:

Sehr geehrter Herr Becher! Hiermit möchten wir Ihnen vorliegenden Eierlöffel, Perlmutt, vermutlich afrikanische Handarbeit, zustellen, da es sich bei vorliegendem Eierlöffel um einen Sachwert handelt, der nicht in unserer Verwendung verbleiben darf, sondern an den Eigentümer überstellt werden muss. Er befand sich in Ihrer Frau.

Mit freundlichen Grüßen,
Vera Heilmann
Assistenz der Gerichtsmedizin.

Hiermit hatte also Sabine posthum die Bestätigung, dass es sich in diesem Fall um eine Geschichte von echter Relevanz gehandelt hatte. Und Dieter bekam hiermit schriftlich: Du! Bist! FALSCH! Eierlöffel, Perlmutt: WICHTIG!

Stopp! Jetzt musste man genau hinschauen: Unterschrieben war der Wisch von einer Frau! Und dass eine Frau scheinbar ihre Familie verraten würde für einen Eierlöffel, Perlmutt, das hatte ja Sabine damals schon deutlich zu verstehen gegeben.

Ach, jetzt hatte er keine Lust mehr!

Er saß schon wieder seit einer halben Stunde auf seinem Sofa und befasste sich als voll ausgebildeter Akademiker mit im Kopf auftürmenden Detailfragen zum Wert eines EIERLÖ…, er wollte es jetzt nicht mehr wiederholen. Schluss damit.

Wieso wurden im Lauf einer langjährigen Beziehung die Dinge, um die man zankte, in ihrem Umfang immer kleiner?

Man sollte doch meinen, dass man den richtigen Partner an seiner Seite hatte, wenn man mit ihm in der Frage der Todesstrafe übereinstimmte, aber es sah so aus, dass mit fortgeschrittenem Beziehungsalter Zahnbürsten, Socken oder eben Eierlöffel das ganze Unternehmen zum Scheitern bringen konnten.

SABINE SUMMTE beim Nüsseknacken vor sich hin. Der Himmel war wirklich eine Reise wert. Bisher hatte sie Remscheid immer ganz toll gefunden. Aber das hier war etwas ganz anderes!

Das Tollste war, dass sie nach den Monaten, die sie nun hier lebte – Quatsch, die sie nun hier …, hier …, ja, was? Egal. Die sie nun hier war. Und sein, das tat man hier wirklich ganz anders! Was wollte sie gerade denken? Ach so, ja, also, in diesen Monaten Anwesenheit im Himmel hatte sie es sich tatsächlich zunehmend abgewöhnt, mit unschönen Reaktionen von anderen zu rechnen. Das tat man irdischerseits ja ständig. Und wenn man es mal nicht tat, sondern arglos herumlebte, dann kam sicher wieder einer, der einen anranzte: »Hier können Sie nicht parken!«

Ganz anders hier oben. Hier war man freundlich. So einfach war das. Freundlich. Nicht quiekend Bussi rechts, Bussi links, sondern einfach von freundlicher Grundhaltung. Hier lauerte niemand darauf, dass der andere ein Idiot war.

Kaum zu glauben, oder? Himmlisch! Es fühlte sich großartig an, sich hier oben zwischen den anderen Menschen – oder Leichen? Immer wieder gab's Probleme mit den Begrifflichkeiten! – zu bewegen, ohne sich vor ihnen in Acht nehmen zu müssen …

Ja! Vielleicht bedeutete das ja *Himmel!*

Und nicht, dass man mit dem letzten Augenschließen einfach auf ewig wegpennt, und das war's.

Bei näherer Betrachtung bedeutete das allerdings für Sabine ebenso, ihre auf Erden erlernte Häme abzulegen.

Och. Hm. Schade.

Fand sie hier wirklich niemanden mehr, mit dem sie sich über die Blödheit eines Dritten ereifern konnte?

Der Preis schien ihr jetzt doch etwas hoch.

Wenn sie an verschiedene unsägliche Kindergartenmamis aus Düsseldorf dachte und wie angebracht es im einzelnen Fall gewesen war, mit der Kollegin mal so richtig ordentlich vom Leder zu ziehen über diese Damen, dann wusste sie nicht, wie sie das hier oben handhaben sollte. Uaaah, jetzt fiel ihr ein, dass sie doch mit Sicherheit irgendwann auch mal vor einer dieser Tanten zu stehen käme, die starben ja schließlich auch!

Ach du liebe Güte! Und dann keine verbalen Rempeleien mehr, kein Hinter-dem-Rücken-Hähähä??? Wie öde!

Sie wäre ja gestorben (Begrifflichkeiten!), wenn sie damals die Mutter vom kleinen Thorben auch noch freundlich hätte anlächeln sollen, als die ihr auf diese ätzend muttische Art – schmale Lippen, hochgezogene Augenbrauen, Heidiklumstimme – vorwarf, dass sie jetzt lange nichts gesagt habe, aber dass die Kleidung ihres Thorben *zu* oft *zu* schmutzig sei, wenn sie ihn nachmittags abhole. Dass sie sich schon (Lippen) wünsche, dass da ein *bisschen* (Augenbrauen!) besser darauf geachtet werde.

Da war Sabine schon bedient gewesen als unterbezahlte Erzieherin einer 25-köpfigen Gruppe, in der sie bisher das Augenmerk tatsächlich auf andere Dinge gerichtet hatte als darauf, dass die Kinderklamotten auch noch sauber zu bleiben hatten.

Aber womit besagte Thorben-Mutter endgültig und für immer ihre Sympathie verspielt hatte, war der kränkste Satz, den man nach einer Unmutsäußerung noch hinten dranhängen konnte: »Das musste mal raus.«

Wie bitte?! Haben Sie gerade so was Bescheuertes gesagt wie: DAS MUSSTE MAL RAUS?!?!

Und dann dem anderen einfach mit einem Schwung die Fischstäbchen aufs Revers aufstoßen und sagen: »Das trifft sich gut. Bei mir musste auch was raus.« Rumdrehen und gehen.

So, und das sollte sie hier nicht nachholen können, falls sie diese Perle von Mutter wiedersah?! Unvorstellbar.

Vielleicht konnte sie aber die gute Frau am Arm nehmen, schnurstracks mit ihr zum Hauptausgang gehen, Nachbartür auf, Fegefeuer, und zum Satan sagen: »Die musste mal raus.«

So. Nächste Frage: Wo war denn überhaupt das Fegefeuer? So smooth wie die hier alle drauf waren, gab es so was hier nämlich garantiert nicht. Jetzt geriet Sabine plötzlich in richtig schlechte Stimmung.

Und dann passierte etwas, das sie so noch nicht kannte: Sie war vielleicht eine Zwanzigstelsekunde verstimmt gewesen, also eher noch auf dem Weg dahin als schon vollendet knatschig, da hopste es in ihr, so ungefähr in Bauchhöhe, und etwas machte hihi. Sabine schaute an sich hinunter und sah, dass ihre Bauchdecke vibrierte. »Chchchrrr.«

???

Sie grunzte!

Oder war das ein Schnarchen?? Quatsch! Dann wäre sie ja kurz vorher eingeschlafen, so was merkte man doch! Nee, nee, das war – chchchrrr, harr, harr! Kicher! Hahahoha!

Sie wurde albern! Eindeutig! Total läppsch! Sie stand in ihrer Küche und hielt sich den Bauch vor Lachen!

Die ganze Szene mit der Saubere-Klamotten-Mutti, wo es mal rausmusste, sah sie noch einmal vor ihrem inneren Auge und kriegte sich gar nicht mehr ein. Sie sah das angestrengte Gesicht, aus dem es mal rausmusste, hörte ihre eigene patzige Antwort mit knödelnder, weil wütender Stimme, dann knödelte sie immer. Andere machten aus so was eine Gesangskarriere, sie knödelte Mütter an.

Sie schmiss sich auf ihr Sofa und japste lauthals über die Begebenheit, die im vergangenen Jahr noch so an ihren Nerven und ihrem Selbstwertgefühl gezerrt hatte, dass sie meinte, platzen zu müssen.

Genauso wie die Sache mit dem perlmutternen Eierlöffel damals. Mein Gott, was für ein Theater. Wegen eines Eierlöffels!

Ihr kam zum ersten Mal der Gedanke, dass sie ja vielleicht

noch leben würde, wenn Dieter und sie öfter mal eine Gelegenheit ausgelassen hätten, eine Grundsatzdebatte anzufangen über Nichtigkeiten. Schließlich war es bei ihrer finalen Bemerkung Dieter gegenüber damals auch um nichts anderes gegangen als um seine dreckigen Schuhe, mit denen er etwas zu lange in der Diele herumgestanden hatte. Dabei war er tatsächlich gerade erst hereingekommen, schließlich hatte er sie noch mit Handschuhen umgelegt. Das war also wirklich kleinlich von ihr gewesen, aber großlich für Dieter. Tja. Und was wäre also gewesen, wenn sie öfter mal etwas mehr Großzügigkeit miteinander hätten walten lassen? Mit Sicherheit wäre sie dann noch da unten die Frau an Dieters Seite, der Gatte Verlagsvertriebsleiter, sie selbst Erzieherin, gute Freundin, halbwegs freundliche Schwiegertochter und so weiter und so fort.

Aber jetzt mal ehrlich: Wollte sie das?!

Klar hatte sie einen gehörigen Schrecken bekommen, als Dieter ihr den Hals umdrehte, so was tat man einfach nicht, und auch die Obduktion war eine einzige Zumutung gewesen, aber ab da hatte sie alles nur noch riesig gefunden!

Das hieße ja, dass man es sich auf Erden ruhig netter machen sollte, als der Mensch das so gemeinhin hinkriegte, aber wenn es dann, warum auch immer, vorbei war: auch kein Drama. Man meinte also immer nur: sterben, huhu, sterben! Mit ihrer Erfahrung konnte Sabine jetzt sagen, dass sie zwar zu vielen Dingen da unten nicht mehr gekommen war und dass Dieter sie auch hatte zwingen müssen, abzutreten, aber hätte sie gewusst, wie rundum komfortabel das hier oben war, hätte sie schon viel früher viel entschlossener an Dieters Überreizung gearbeitet.

Und es wäre schön gewesen, hätte sie das mal jemand wissen lassen, als sie sich noch auf Erden abkämpfte. Schließlich kannte sie doch den ein oder anderen, der in den vergangenen Jahren gestorben war. Jens zum Beispiel. Den musste sie mal fragen, wieso er ihr keine Nachricht übermittelt hatte, dass sie sich grundsätzlich entspannen könne.

Aber da stieß sie selbst schon fast auf die Antwort, die ihr

Jens vermutlich geben würde: wie denn drankommen an die unwissenden irdischen Deppen? Auf Anhieb hatte sie dazu auch keine Idee. Sie würde Jens mal fragen, ob er eventuell noch zu Zeiten ihres irdischen Daseins den Versuch unternommen hatte, sie zu erreichen, während sie aber gerade inmitten ihrer lärmenden Kleinen gestanden hatte und für keinerlei andere Signale empfänglich gewesen war.

»SO, HERR BECHER, dann schildern Sie mir doch mal bitte den Tathergang, soweit Sie sich noch erinnern können.«

»Puh! Da fragen Sie aber jetzt was! Also: …«

Dieter saß im Büro des Staatsanwalts und versuchte sich an seinem Geständnis. Immer wieder war er in den vergangenen Monaten nachts aufgewacht, zerfurcht von quälenden Gedanken, und hatte nicht mehr einschlafen können. Immer wieder hatte er keine Antwort auf die Frage gefunden, wie er denn mit dem Geheimnis der Tat weiterleben sollte. Und in jeder dieser zermürbenden Nächte war sein Entschluss fester geworden, sich dem Staatsanwalt vorzustellen. Er konnte einfach nicht damit leben, dass alles um ihn herum unverändert weiterging, es aber doch überhaupt nicht zu dem Ereignis passte, das er selbst herbeigeführt hatte. Er war ein Mörder, und nichts hatte sich dadurch verändert! Das war doch absurd!

»Also: Es war der 15. Februar, das weiß ich so genau, weil ich an dem Tag das Auto in der Inspektion hatte und mit dem Bus unterwegs war. Ich kam an dem Abend so gegen 18.00 Uhr nach Hause, meine Frau war schon da. Sie war meistens schon zu Hause, wenn ich von der Arbeit kam. Und immer kam ich im Winter mit meinen siffigen Schuhen zur Diele herein, und immer gab es einen blöden Spruch von Sabine. Haben Sie es schon mal geschafft, im Februar bei Regenwetter mit sauberen Schuhen zu Hause anzukommen, Herr Staatsanwalt?«

»Oh! Das könnte ich Ihnen jetzt gar nicht so schnell beantworten, Herr Becher! Spontan sag ich mal Nein, aber ich bin niemand, der seine Schuhe sehr schmutzig macht. Aber wie auch, ne? Zu Hause das Auto aus der Garage, dann hier zur Staatsanwaltschaft, Tiefgarage, und abends das Ganze wieder zurück. Aber es geht ja hier nicht um mich. Ich höre gerade, *Sie* hatten schmutzige Schuhe, und Ihre Frau war darüber nicht erfreut.«

»Richtig. Ja, und dann ging eigentlich alles unheimlich schnell. Ich seh mich noch in der Diele stehen, hab gerade, wirklich *gerade* die Tür hinter mir ins Schloss gedrückt, da motzt Sabine – wie die so schnell bei mir in der Diele sein konnte, das ist auch schon wieder so ein Mysterium! Ich war also wirklich *gerade* drin, da steht sie da und motzt: ›Na super!‹ oder so ähnlich, hatse gesagt, ›Na super!‹ – und die meinte ja gar nicht super! – na jedenfalls, ›Super!‹, sagt se und dann so was wie, dass man bei mir ja nie wüsste, was genau für einen Dreck ich immer mit reinschleppen würde, ich würde ja nicht *einmal* gucken, ob das vielleicht ja auch mal Hundescheiße sein könnte. Aber das wär ja klar, ich würde ja auch nichts peilen, *peilen* hat die gesagt, das hat die zu der Zeit ständig gesagt! Das Wort fand sie wohl ganz toll. Immer peilte irgendwer irgendwas nicht. Also, ich war in dem Fall der, der nicht *peilte*, wenn er irgendwo in einem Hundehaufen landete. Tja, und ich hab in dem Moment irgendwie gedacht, heute reagierste mal anders, heute bleibste mal nicht mit hängenden Schultern vor ihr stehen wie ein ausgescholtener Pennäler, mal hoch die Arme! Und zack! Hatte ich sie erwürgt. Das ging ratzfatz, Herr Staatsanwalt! Ich weiß gar nicht, wie ich Ihnen das beschreiben soll! Zack, die Arme hoch, zack, die Finger um den Hals, zack, einmal feste drücken, bisschen länger halten natürlich, und bumms, lag sie da!«

Staatsanwalt Hintermann sah Dieter eine Weile schweigend an.

»So haben Sie die Geschichte auch Kommissar Pelzer erzählt, ne? Denn genauso kannte ich den Hergang schon.«

»Ja klar hab ich das so dem Pelzer erzählt, weil es ja auch so war! Was soll ich Ihnen denn auch anderes erzählen?«

»Wissen Sie, Herr Becher, ich habe lange mit Herrn Pelzer

über Sie gesprochen. Genau so wie in Ihrem Fall ist es uns bisher noch nicht untergekommen, aber wir wissen nach langer leidvoller Erfahrung mit dem Sammelbecken der unterschiedlichsten Reaktionsmuster auf den Verlust eines Angehörigen, dass es in Ihrem Fall eher naheliegt, dass Sie sich die Tat zu eigen gemacht haben. Dass Ihr Unbewusstes sich schuldig fühlt ob der Aggressionen, die Sie Ihrer Frau gegenüber im Laufe der Beziehung empfunden haben. Vielleicht ja auch zunehmend empfunden haben. Und Ihr Unbewusstes möchte sich nun dieser Schuld entledigen, indem es gleich die ganze Tat auf sich nimmt.«

»Hä?!«

»Herr Becher, bitte im ganzen Satz!«

»Oh, entschuldigen Sie, ich ließ mich gehen und meinte doch, wie meinten Sie das, was Sie eben so ausführlich schilderten, dass ich zwischenzeitlich die Übersicht verlor, folglich Ihren Ausführungen nicht mehr zu folgen imstande war mit dem Ergebnis, dass nach Beendigung Ihres Wortbeitrags bei mir nicht Erkenntniszuwachs, nein, Verwirrung sich bemerkbar machte, aufgrund derer ich Sie nun ersuche, mich erneut über die Sinnhaftigkeit Ihrer eben geleisteten Elaboration aufzuklären.«

»Na, sehen Sie, geht doch. Nun, was ich, übrigens im absoluten Einklang mit Kommissar Pelzer, zu Ihrem Fall sagen kann, ist, dass wir mit Ihnen leider keinesfalls den Mörder Ihrer Frau gefunden haben. Sie mögen sich manchmal gewünscht haben, frei zu sein, von den Marotten Ihrer Frau nicht mehr in Mitleidenschaft gezogen, aber solche Gefühle gehören zu jeder Beziehung, verstehen Sie? Zu *jeder!* Und zwar wechselseitig. Wenn wir nicht alleine leben wollen, dann müssen wir neben vielen Erfreulichkeiten den anderen auch immer wieder einfach nur ertragen. Klingt blöd, ist so.«

»Herr Staatsanwalt, habe ich Sie jetzt wirklich richtig verstanden, dass Sie der Auffassung sind, ich hätte meine Frau *nicht* umgebracht, und ab nach Hause?«

»So klingt das leger ausgedrückt, ja, Herr Becher. Und auch Sie sollten sich jetzt mal von Ihrem Schuldgefühl verabschieden, ich bin da kein Fachmann, vielleicht sollten Sie dazu einen Psychologen aufsuchen.«

Okay, den brauchte er schon mal nicht, weil er sich mit seinem Geständnis ja absolut in der Realität bewegte, aber was hieß das jetzt alles im Klartext? Solange die Herren von der Staatsgewalt niemand anderen seiner Freiheit beraubten für eine Tat, die dieser nicht begangen hatte, hieß das doch: Dieter, entspann dich, du hast genug durchgemacht, seine eigene Frau umzubringen ist kein Kindergeburtstag, geh nach Hause und mach so was nicht wieder.

»Tja, also, äh, ich, ähh, ich glaube – räusper – dann gibt es hier im Moment nicht mehr groß was zu besprechen. Ich würd dann mal sagen: Auf Wiedersehen.«

Der Staatsanwalt lachte freundlich: »Eben nicht Auf Wiedersehen, das habe ich Ihnen ja versucht klarzumachen. Mit Ihnen ist alles okay, Herr Becher. Und den Rest fragen Sie mal 'nen Psychologen.«

Händeschütteln, Tür auf, Dieter raus, Tür zu, fertig. Das war der Besuch beim Staatsanwalt.

Dieter ging kopfschüttelnd in die Tiefgarage, schloss seinen Wagen auf und manövrierte ihn auf die Straße. Gut, er würde sich nun wieder in einem normalen Leben einrichten. Das wollten ja wohl alle anderen von ihm, wenn er das richtig verstanden hatte. Sabine hin, Sabine her, er hatte damit nichts mehr zu tun, und ab zur nächsten Ü30-Party.

Die Ampel zeigte Rot. Dieter schaltete in den Leerlauf, hielt an und starrte vor sich durch die Windschutzscheibe.

Leute mit und ohne Einkaufstaschen, im Stakkato- oder Schlenderschritt überquerten die Straße. Manche gingen miteinander und erzählten sich etwas, doch die meisten schoben sich allein durch den Strom. Und plötzlich traute Dieter seinen Augen nicht. Inmitten der Fußgänger direkt vor seinem Wagen baut sich eine blonde Ratte auf, hebt zwei Zahnstocher hoch, zwischen denen sie ein Miniaturtransparent entrollt, worauf in neonfarbenen Buchstaben steht: WÜRGER VON DÜSSELDORF.

Unbemerkt von den umherlaufenden Menschen rollt sie ihr Plakat wieder ein und verschwindet in der Kanalisation.

WAS?! WAR?! DAS?!?!?!

Grün.

Erster Gang. Anfahren. Jetzt musste er alles sehr langsam und konzentriert machen. Er hatte gerade eine Ratte mit Transparent gesehen.

War er vollkommen meschugge?

Um ihn herum hatte es keinerlei Auffälligkeiten gegeben. Niemand schien etwas Außergewöhnliches gesehen zu haben, niemand stieß einen anderen an, um ihm dann eine Ratte mit Transparent zu zeigen. Alle anderen Fahrer an der Ampel waren gewohnheitsgemäß angefahren, als es grün wurde. Und er, Dieter, fuhr nun hier durch Düsseldorf-Gerresheim und schüttelte sich wie ein nasser Pudel. Er wollte nur noch in seine Badewanne. Und seine Ruhe haben. Nicht mehr an Kommissare und Staatsanwälte denken, die ihm nicht glaubten, nicht an Psychologen, die womöglich alles nur verschlimmerten, und vor allen Dingen wollte er nicht mehr an Nagetiere denken. Das führte ja zu nichts. Das war Schwachsinn, sein Nervenkostüm war einfach überreizt, das war alles.

Schließlich hatte er seit der Tat keinen Tag Urlaub gemacht oder sich krank gemeldet, er hatte die ganze Zeit tapfer weiter funktioniert. Klar sah man dann auch schon mal … eine Ratte?! So eine?! Mit Transparent?! Mit Text drauf?!

Jetzt dachte er doch weiter an dieses Tier! Schluss!

Dieter fuhr seinen Wagen in eine Parklücke vor seinem Haus, was für ein Glück, nicht mehr ewig durchs Viertel kurven. In der Wohnung angekommen, ging er sofort ins Bad und drehte den Warmwasserhahn an der Badewanne auf. Lavendel musste da rein, alles andere brachte nichts. Lavendel, am besten die ganze Flasche, vielleicht käme er ja damit ein bisschen runter. Zack! – da rollte die Ratte in seinem Kopf schon wieder das Plakat aus.

Und wen rief man nun bitte an, um *davon* zu erzählen?

Dieter ging im Kopf Freunde und Bekannte durch und suchte sie ab nach der besonders ausgestatteten Persönlichkeit, die bereit wäre, über Ratten noch etwas hinzuzulernen. Aussichtslos. Vollkommen aussichtslos. Hunde, in der Schnauze die Zeitung apportierend, dabei auf beiden Hinterbeinen laufend, okay, oder seinetwegen noch ein zahmer Hauslöwe mit sechs Wicklern im Ponybereich, aber keinesfalls erzählte man glaubhaft von einer Demo-Ratte.

Aber eins schwor Dieter sich in dieser schweren Stunde: Auch eine Ratte würde ihn nicht zum Psychologen zwingen.

IM MAL-GUCKEN-BEREICH saß eine muntere Truppe beisammen und fläzte sich vor dem Flatscreen. Erdnüsse, Pistazien, Mandeln und die würzigsten Chips, die Sabine je auf der Zunge gehabt hatte, gingen reihum sowie bestes Fassbier. Es herrschte eine Stimmung wie zu Zeiten, als man sich bei demjenigen mit dem neuesten Fernseher zusammenfand, um miteinander die Schwarzwaldklinik anzuschauen.

Tosendes Gelächter stürmte los, als die mit Spannung erwartete Jeannette im Bild erschien. Diese kleine Ratte hatte ihre graue Mähne blond gefärbt und rollte vor Dieters tellergroßen Augen ein Transparent aus mit dem Text »Würger von Düsseldorf«.

Japsend fiel man sich im Himmel in die Arme.

Der Ratten-Coup war hundertprozentig geglückt. Sabine war auch ein bisschen stolz auf sich selbst, dass sie als relative Newcomerin solch eine komplizierte Aktion hatte bewerkstelligen können. Sie hatte durch Hilde Knef bei ihrem wunderbaren Weiberabend von der engen Zusammenarbeit zwischen Tier- und Himmelreich erfahren.

Die große Sympathie beider Bereiche füreinander ging auf die Zeit zurück, als Noah mit seiner Arche voller Tiere der Sintflut entkam. Noahs große Liebe zu den Tieren und deren Dankbarkeit wiederum erzwangen förmlich eine dauerhafte Verbundenheit, und seit dem Verscheiden Noahs hatten die Tiere eine starke Lobby im Himmelsraum. Das ermöglichte in Einzelfällen eine enge Zusammenarbeit. Als Verbindungsglied diente heute, nachdem Noah sich als Kontaktmann aus dem operativen Geschäft zurückgezogen hatte, der Tierschutzbund. Der hatte 1990 eine Sonderaktion ins Leben gerufen, die sich großer Beliebtheit erfreute:

Solange dabei kein Tier zu Schaden kam, übernahmen besonders gerne irdische Ratten, die sich vom normalen Alltag unterfordert fühlten, verschiedene kleine Aufträge für Insassen des Himmelreichs. Aber auch Hunde, Katzen und erstaunlich viele Kanarienvögel waren immer wieder im Einsatz.

Die Sonderaktion war in den Zeiten der Wiedervereinigung entstanden und sollte bei den ohnehin schon umwälzenden Veränderungen wenigstens den Kontakt zwischen den ausgerechnet in diesem Zeitraum verstorbenen Menschen und ihren plötzlich allein zurückgebliebenen Tieren erhalten. So riss die Verbindung zwischen Herrchen oder Frauchen und dem jeweiligen tierischen Schützling wenigstens nicht ganz so abrupt ab, und die Tatsache, dass sich die Tiere durch die Bewältigung verschiedener Aufgaben nützlich fühlen konnten, half ihnen in der Regel über den Verlust ihres Menschchens hinweg. Den Kontakt zu Jeannette hatte Tobi hergestellt, ein Ex-Punker, der beim exzessiven Pogo-Tanz unglücklich über einen Kollegen in den Tod gestolpert war.

Für die Bewohner des Himmels kam der große Vorteil hinzu, dass ihnen diese Sonderaktion die einzige Möglichkeit bot, noch ein bisschen Genugtuung aus kleinen Gemeinheiten gegenüber anderen zu ziehen, da es sich dabei ja um ohnehin gestresste Erdenbewohner handelte. Sobald hier oben angekommen, wurde ja jeder himmlisch in Ruhe gelassen und brauchte keine Attacken mehr zu fürchten.

Glücklich schlief Sabine nach einem turbulenten Abend mit viel Bier zwischen den Ohren an Jens' Schulter ein, der den ganzen Abend neben ihr gesessen – hurra! – und ihr, als Jeannette das Plakat ausrollte, sogar einen Kuss auf die Nase gedrückt hatte – noch mal hurra!

SEIT DIETER eine Ratte erschienen war, hatte sich nichts weiter Absonderliches in seinem Leben abgespielt, und so hatte er beschlossen, das unerklärliche Ereignis zu den Akten zu legen.

Was ihn im Moment sehr beschäftigte, war seine Urlaubsplanung für dieses Jahr. Er musste ja schließlich irgendeine Idee entwickeln für diesen vermeintlich wichtigsten Teil des Jahres. Als Single. Und jetzt? Fuhr er auf eigene Faust in eine der vier Himmelsrichtungen oder schaute er sich nach einer Gruppenreise um? Fragte er einen Freund, ob er mit ihm verreiste oder wie oder was?

Derlei Fragen hatten in der langen Zeit mit Sabine ja gar keine Rolle gespielt. Wenn man Sabine irgendeine Gegend am Meer, gerne Europa, geboten hatte, war sie glücklich gewesen. Sie hatte die Berge gehasst und so hatte man nur auf der Hut sein müssen, dass sich in der näheren Umgebung des Urlaubsortes nirgendwo ein Steinsgebilde vor ihrer Nase aufstülpte.

Auf dem Heimweg von Italien hatte sie einmal in einem Hotel in Österreich – mit traumhafter Sicht vom Balkon auf den Nockerlnsemmelnhupfiglockner – sofort bei der Ankunft in schönstem Sonnenschein die Vorhänge zugerissen und mit Suizid gedroht, wenn Dieter noch mal den Blick auf dieses Ungetüm freigeben würde. Außerdem hatte sie sich geweigert, das Haus, außer zur Weiterreise am nächsten Morgen, noch einmal zu verlassen. Sie hatte sich am helllichten Tag im verdunkelten Zimmer bei voller Beleuchtung ins Bett gelegt und die Live-Übertragung des Robbie-Williams-Konzertes aus dem

Londoner Wembley-Stadion im Fernsehen verfolgt. So viel zu Sabine und den Bergen.

Sollte er nun die Chance nutzen und sich mal so richtig in der Schweiz umtun? Oder Österreich? Oder mal ganz entfernte Berge bewundern? Brasilien? Zuckerhut?

Mann, war das schwer. Die Welt war so groß! Vielleicht schloss er sich doch einer Gruppenreise an, dann musste er nicht so viel Eigeninitiative an den Tag legen. Es reichte ja, dass er zum ersten Mal ohne Partnerin einen Urlaub verbringen musste.

So. Dann also Gruppenreisenanbieter finden. Die Zeitung offenbarte da unter der Rubrik »Reisen« eine so große Anzahl, dass man sie kaum alle an einem Tag abtelefonieren konnte! Oh Gott, wie fand man denn da den richtigen Anbieter? Nachher landete er noch in einem Gruppenereignis ohne Höschen, nur weil er die verklausulierten Formulierungen nicht hatte entschlüsseln können. Er würde einfach mal bei dem anfangen, dessen Auftritt am seriösesten wirkte: *Fern und nah – wir reisen für Sie.*

»Fern und Nah-Reisen, mein Name ist Verena Schmolke, ich arbeite hier seit 1 ½ Jahren und das wirklich sehr gern, wir haben ein tolles Betriebsklima, keinerlei sexuelle Belästigung am Arbeitsplatz, und die Frau des Chefs arbeitet mit im Betrieb, ich selbst bin die Älteste von drei Geschwistern, seit vier Jahren verlobt und habe auch guten Kontakt zu meiner Schwiegerfamilie, was kann ich für Sie tun?«

»Dieter Becher ist mein Name, guten Tag, Frau ... entschuldigen Sie, jetzt hab ich Ihren Namen schon wieder vergessen ...«

»Ach, das macht doch nichts, das ist immer so viel am Anfang, was man sich merken muss, da passiert das schon mal, Schmolke, Verena Schmolke.«

»Ja, guten Tag, Frau Schmolke. Ich bin interessiert an einer Urlaubsreise und möchte Ihnen dazu ein paar Fragen stellen. Sie schreiben da *Fern und nah – wir reisen für Sie* – wie muss ich mir das vorstellen? Heißt das, Sie treten für mich auch die Reise an, und was mache ich in der Zeit?«

»Nein, Herr Becher, da haben Sie uns gründlich missverstanden. *Wir reisen für Sie* – das heißt ganz einfach, dass wir, um Ihnen gute Urlaubsziele anbieten zu können, das ganze Jahr über für Sie unterwegs sind und uns neue Orte und Unterkünfte anschauen. Wir reisen also für Sie. Wenn Sie jemanden suchen, der dann auch gleich die Reise für Sie erledigt, das können wir leider nicht auch noch anbieten, ich weiß nicht, wie Sie sich das vorstellen! Unser Büro hier muss ja schließlich auch noch besetzt sein, da müssten Sie sich bei einem anderen Reiseunternehmen erkundigen.«

Hatte die Dame einen etwas scharfen Unterton?

»Haben Sie einen etwas scharfen Unterton?«

»Nein, das kann ich mir eigentlich nicht vorstellen.«

»Ich hatte für einen Moment den Eindruck.«

»Aha.«

Dieter hatte zudem den Eindruck, dass er mit dieser Gesprächspartnerin nicht unbedingt weit kam, nicht am Telefon und schon gar nicht in den Urlaub, den er sich vorstellte.

»Ja, dann danke ich Ihnen für Ihre freundliche Auskunft, da bin ich ja schon mal einen Riesenschritt weiter, und wenn es dann ums Buchen geht, melde ich mich wieder. Tschüss, Frau … äh, entschuldigen Sie …«

»Schmolke!«, zischte es aus dem Hörer. »Auf Wiederhören.«

Die war definitiv komisch gewesen. Als hätte sie keine rechte Lust gehabt, ihn zu beraten. So blöd war er nicht, dass er das nicht bemerkte. Hoffentlich war das nächste Telefonat erfolgreicher, sonst verlor er noch die Lust am Urlaub selbst.

»Reisefimmel, Joachim Helm am Apparat, wo soll's hingehen?«

»Hallo, Herr Fimmel, Becher ist mein Name.«

»Und Helm meiner.«

»Was, bitte?!«

»Ich heiße Helm. Fimmel heißt hier gar keiner und *Reise*fimmel nennt sich unsere Firma.«

Dieter legte den Hörer auf, bevor er sich in das zweite unerfreuliche Telefonat dieses Tages verirrte. Für heute gab er das Vorhaben auf, irgendeinem Reiseziel näher zu kommen.

JENS WAR in der letzten Zeit dreimal spontan bei Sabine vorbeigekommen. Dreimal! Für einen, der sich nicht interessierte, war das dreimal zu viel. Aber für einen, *der* sich interessierte, kam man nicht so recht voran. Jedes Mal nahm er sie zur Begrüßung fest in den Arm, strich ihr mit der ganzen Hand über den BH-Verschluss, beim Abschied wieder, mit angeschrägtem Kuss aufs Ohr, und zwischendrin passierte rein gar nichts. Dann saß er ihr einfach nur auf den Hockern in der Küche gegenüber und trank den Kaffee, den sie immer freudig erregt zubereitete. Sie kriegte ihn einfach nicht bis zur Couchecke im Wohnzimmer, und mitten am Tag etwas Alkoholisches anzubieten, das fand sie zu auffällig. Aber warum kam er immer wieder? Und warum immer tagsüber? Warum nie mal abends?

Wartete er vielleicht auf ein Zeichen von ihr? War sie zu uneindeutig? Ja. Ja, sie war zu uneindeutig. Sie kippte zwar bei jeder sich bietenden Gelegenheit gegen ihn, hupps!, aber langsam musste er denken, sie habe Gleichgewichtsstörungen, nicht aber ein erotisches Interesse an ihm.

In der Oberstufe war sie selbst noch die Angeflirtete gewesen, die einfach ganz cool die Annäherungsversuche aus der eigenen wie aus der darüber liegenden Jahrgangsstufe entgegennehmen und aussortieren konnte. Stets reichte ein wenig Arbeit mit den Augenbrauen, und auf Klassenfahrten weinte sich die eine oder andere Klassenkameradin in den Schlaf, deren Freund zu ihr übergelaufen war. Irgendwann dann war sie Dieter auf einer Silvesterfete begegnet, der seinerseits ähnlichen Erfolg in der Damenwelt hatte, weil er so super aussah mit seinen langen braunen Locken und den hellen Augen dazu. Und weil er so ein Frauenversteher war. Soft und irgendwie so tief. Mit dem konnte man über Liebe und Tod und all die großen Themen reden, und nie wirkte er, als ob es ihn langweilte. Er äußerte sich selbst nie viel, aber im Zuhören machte ihm keiner etwas vor. Und die kleinen Reaktionen (Lächeln: leicht angeschrägt, Augenbraue: rechts sich Millimeter auf- und abbewegend, Kopf: sich zum Gegenüber neigend bei Zustimmung), mit denen er den Text seiner Gesprächspartnerin abnahm, wirkten damals wie Juwelen. Und natürlich hatte man zu Beginn einer Annäherung nicht präsent, dass man später in einer dauerhaften Beziehung durchaus auch einmal längere Ausführungen aus seinem Munde geschätzt hätte. Sie erinnerte sich ganz genau an den Moment, als sie auf der Fete mit angewinkeltem Bein und Bierglas in der Hand an die Kellerwand gelehnt stand und Dieter ganz entspannt auf sie zukam, ihr Kinn mit seinem Zeigefinger zu sich drehte und ihr wortlos den ersten Kuss auf die Lippen gab. GÄNSEHAUT!!! Sie hatten vorher noch nie näher miteinander zu tun gehabt, sich immer nur auf verschiedenen Partys gesehen und sich, wenn es hochkam, grüßend zugenickt, und nun kam dieser Kerl mit dieser Arschruhe und nahm sie einfach zur Lippe. Er fühlte sich fantastisch an, und vor allem ging von seiner Ruhe und Bedachtsamkeit der pure Sex aus. Wie oft hatten schon hektische Zungen in ihrem Mund herumgefummelt, jeden Zahn einzeln absuchend, und wie oft hatte sie nur mit Mühe noch verhindern können, dass der sich Abmühende im nächsten Moment an ihr Zäpfchen kam. So etwas wäre dann nämlich für alle sehr unschön geworden. Es war schon irre, diese Souveränität, die sie an Dieter zu Beginn so umgehauen hatte, hatte sich im Laufe der Jahre in Trägheit gewandelt. Zumindest hatten sie beide zugelassen, dass sich diese Sicht auf Dieters Ruhe in ihrer Beziehung ausbreitete und nicht der Zauber erhalten blieb, den diese einmal auf Sabine ausgeübt hatte.

Aber wie sollte das denn überhaupt gehen? »Sich den Zauber vom Anfang erhalten« – so ein romantischer Bullshit! Schließlich küsste man sich doch immer nur einmal zum ersten Mal! Und ab dem zweiten Mal bewegte man sich schon schnurstracks auf die Routine zu. Irgendwann kannte man den coolen Kleidungsstil, die feingliedrigen Hände, den Griff durch die Locken, dieses leicht schiefe Grinsen, und irgendwann verdrehte man nur noch die Augen über die Schuppen, die die Locken auf dem Pulli hinterließen. Und das war jetzt sogar noch das Beispiel eines gut aussehenden Mannes, da trat die Ernüchterung dann eben ein paar Wochen später ein, zu mehr verhalf gutes Aussehen auch nicht. Entspannt euch also, ihr Menschen mit Segelohren und schütterem Haar.

Ach herrje, wie ernüchternd. Wieso versuchte man eigentlich sein ganzes Leben lang, denjenigen zu finden, den man dann auch sein ganzes Leben lang immer wieder zum ersten Mal küsste? Welchen Film musste man sich denn in den Kopf laden, damit das mit dem ersten Kuss immer weiter funktionierte? Bei näherer Betrachtung gar keinen! Die sachverständigen Filmemacher drehten nämlich national wie international ihre Schmachtschinken immer nur exakt bis an den Punkt, wo er mit dem Zeigefinger ihr Kinn zu sich und so weiter – Abspannmusik, fertig. Punkt.

Ab dann hinein in die Pleite!

Oh. Das waren ja so richtig abgehalfterte Überlegungen. Woher kam denn das jetzt so heftig?

Bis auf die Tatsache, dass sie von ihrem Mann sogar umgebracht worden war, was ja nun leider kaum einen versöhnlichen Rückschluss auf ihre Beziehung zuließ, hatte Sabine doch in all den Jahren gar nicht unbedingt den Eindruck einer zerrütteten Verbindung gehabt. Da erinnerte sie sich an viel größeres Lamentieren in ihrem Freundinnen-Umfeld, sie selbst war nie die Anführerin dieser Klagen gewesen. Im Gegenteil, noch wenige Wochen bevor für sie leider komplett Schluss gewesen war, hatte sie ihrer Freundin Anne erzählt, dass sie nach zwölf Jahren immer noch mit Dieter lachen könne und dass es gar nicht sinnvoll wäre, wenn Dieter so viele Hummeln im Gesäß hätte wie sie. Man hätte dann ja vor lauter Summen sein eigenes Wort nicht mehr verstanden. Zumindest Sabines Worte, die Menge der von Dieter angestrengten Worte schlug ja nicht so zu Buche.

Dieter musste aber schlussendlich eine andere Interpretation ihres Miteinanders gehabt haben, sonst hätte er ja nicht solch eine irreparable Maßnahme ergriffen. Es sei denn, es wäre eine Handlung im Affekt gewesen, die er mittlerweile bedauerte, ausgeprägte Affekte waren an ihm aber, wie vordem erinnert, in all der Zeit nicht auszumachen gewesen.

Der Mensch, das ewige Rätsel.

Was machte sie denn jetzt mit Jens?

Genug abtörnende Vorstellungen hatten sich ihr ja in den vergangenen zehn Minuten angeboten. Und wenn sie das jetzt noch einmal mit etwas Abstand betrachtete, so glaubte Sabine tatsächlich nicht ernsthaft daran, dass sie, so es mit Jens irgendwann einmal zündete, mit ihm die große Offenbarung erleben würde. Was sollte er denn an Unverbrauchbarem zu bieten haben, was an einem Menschen gab es, das nicht irgendwann Opfer der Alltäglichkeit wurde, wenn man sich nicht richtig Mühe gab, den anderen weiterhin toll zu finden?

Wahrscheinlich kam man ohne Mühe nicht aus. Immer wieder abends, wenn er heimkam, die Schultern straffen, ihn anlächeln und ihn so angucken, als käme da ein aufregender Unbekannter. So könnte man es mal versuchen. Ihn mal was anderes fragen als gestern schon. So vielleicht. Sich selbst mal zur anderen Seite frisieren. Vielleicht so.

Das mit Jens ließ sie jetzt einfach mal laufen. Sie wusste ja plötzlich gar nicht mehr so recht, ob sich in seinem Fall die Sache mit dem Scheitel auf der anderen Seite lohnte.

Sein Nicht-zu-Potte-Kommen am Küchentisch hatte nämlich, wenn sie ehrlich war, im Laufe der letzten Wochen ihre ungebremste Begeisterung ordentlich reduziert. Sie hatte es sich bisher nur nicht eingestehen wollen, weil sie die Aussicht auf eine Liaison so belebend fand. Für eine Tote hatte das einfach noch mal eine andere Bedeutung. Aber vielleicht kannte sie ihn ja mittlerweile auch schon zu lange, um noch diesen

Anfangszauber vom eben erwähnten Scheitel bis zur Sohle zu empfinden.

Wahrscheinlich begann einfach jeder nach kurzer Zeit, einem mit irgendetwas auf die Nerven zu gehen. Man sich selbst ja auch. Der Mensch war eben so eingerichtet. Dafür hatte der Schöpfer einfach zu viele Eigenschaften allein schon beim einzelnen Menschen erfunden, prallten diese nun auf die eines Zweiten, krachte es eben. Wenn sie sich selbst als Beispiel nahm, so stritten in ihr ja auch ihre ständige Ungeduld mit ihrer ausgeprägten Faulheit, ihre große Schnauze mit ihrer Schüchternheit, wenn sie zwischen zu schlauen Leuten saß, ihr hübsches Gesicht mit ihren zu dicken Knien. Man passte ja schon nicht so richtig zu sich selbst, wie sollte man sich da erfolgreich paaren?

Sabine fühlte sich dem Geheimnis Mensch ganz dicht auf der Spur.

Gleich würde sie sich an die Frage heranmachen, wer eigentlich dieser Schöpfer wirklich war. Richtig philosophisch und zeitgeschichtlich Fahrt aufgenommen hatte sie. Also, den nächsten schwerwiegenden Gedanken angegriffen:

Urknall, hatte ihr immer gefallen, dieses Bild. Auch zur Verteilung der menschlichen Eigenschaften fand sie diese Idee einleuchtend. Alles flog mit Gelärm und Getöse so dermaßen durch die Gegend, dass jeder ordentlich etwas abkriegte. Die volle Ladung. Urknall, das war eine gute Idee. Das war aber dann nicht der Schöpfer. Dieser Herr war aber doch auch schon seit Jahrtausenden viel im Gerede. Sie hatte ihn ja auch schon kennengelernt, den Schöpfer oder auch: Gott. Bei dieser Begegnung hatte er vollkommen normal gewirkt, eher noch, als ob ihm von diesem wohl überwiegend fieberfantasierten Gerede vieles auf den Sack (war er auch der Nikolaus?) ging. Den müsste man mal befragen zu der ganzen Sache mit in sieben Tagen und so. Der würde einem bestimmt keinen Quark erzählen, wie ein Angeber kam der nicht daher. Diese Geschichte hatte sie nämlich noch nie geglaubt. Was kriegte man in sieben Tagen schon groß hin? Bestimmt keine Welt. Lass damals ein paar Leute weniger existiert haben, trotzdem. Das kriegst du nicht hin. Auch wenn du das total abgespeckte Programm nimmst, funktioniert nicht. Okay, vieles hatten die Menschen, nachdem sie erfunden worden waren, auch selbst auf die Beine gestellt: Wildgerichte, Atomstrom, Iglus, Nagellack, Literatur und Shampoo fielen einem da sofort ein. Aber auch dann, wenn man sich vorstellte, dass diesem Schöpfer unter anderem der gesamte Iglubau abgenommen worden war: Da bleibt einfach zu viel Zeug übrig, das du in sieben Tagen niemals, und wenn du dir noch so einen Stress machst, gestemmt kriegst. Wenn man sich mal überlegte, wie lange so ein Arbeitsvorgang dauerte in der industriellen Herstellung eines Spielzeugdinosauriers, ruhig eines richtig großen, das war ja auch nicht in ein paar Minuten gemacht. Und jetzt stellte man mal die Vorstellung daneben, wie viel Zeit damals so ein einzelner echter Dino wohl in Anspruch genommen hatte, mit Herz-Kreislauf-System, mit Verdauung und allem Zipp und Zapp. Nee, nee, Leute, nach all diesen Überlegungen konnte Sabine ganz klar sagen: Schöpfung in sieben Tagen – vergiss es.

Aber was zermarterte sie sich hier denn überhaupt das Hirn darüber, wie es zu all dem gekommen war, was man heute so Welt und All und so nannte? Die Hauptsache war doch, es funktionierte. Die heutigen Autobauer verschwendeten doch auch keinen Gedanken mehr daran, wie der allererste Wagen hergestellt worden war. Tja. Festgedacht. Sie musste mal eine Runde ums Haus drehen, sonst fände sie noch das achte Weltwunder, jetzt, in der Stunde des Grübelns. Sie zog sich besser mal für einen Spaziergang durchs Viertel an und ließ die Fragen der Schöpfung sowie jedweder Herstellung von irgendetwas links liegen. Vielleicht ging ja Hilde ein Stückchen mit, die hatte sie seit ihrer ersten Begegnung immer mal wieder zum Kaffee oder abends zum Wein getroffen, da war eine richtig schöne Nachbarschaft entstanden.

DIETER ENTSTIEG dem Wagen. Bis Bruchsal war er in einem durchgefahren. Jetzt brauchte er erst einmal einen Kaffee und zwei vertretene Beine. In Oberöwisheim, ein paar Kilometer weiter nordöstlich, hatte er sich nach längerer Recherche schlussendlich bei einem »Seminar für kreative Urlauber« angemeldet. Hier sollte zwei Wochen lang »inmitten Gleichgesinnter« und in »ausgelassener Atmosphäre« ein »unvergesslicher Urlaub« stattfinden. Der Besuch des Bruchsaler Barockschlosses stand ebenso auf dem Programm wie die »Badische Weinstraße trocken zu trinken«, so hieß es launig in der Ankündigung. Außerdem im Angebot, und das hatte Dieter ganz besonders gereizt: ein Tauchtraining für Anfänger. Hier konnte man, da völlig wasserfernes Übungsgebiet, unter professioneller Anleitung die ersten Schritte zum Taucher machen, ohne dass einem ständig und überall diese hippen fortgeschrittenen Wasserkenner um die Nase schwammen. Zu Hause hatte er sich von seinen Kollegen zwar verständnislos fragen lassen müssen, wie man denn erste Schritte im Taucherwesen machen wollte ohne das entscheidende Element, und sich anhören müssen, dass Tauchlehrer, die so tief gesunken seien, bestimmt zu verstehen waren wie Musiklehrer, die, einst von großen Sälen träumend, später zähneknirschend untalentierte 11-Jährige durch Bachs Fugen jagen mussten. Diese Miesmacherei hatte Dieter aber kontern können mit dem Hinweis auf die Schneehalle in Neuss, was ja so viel Skigebiet war, wie eine Kletterhalle einen Berg darstellt. Daraufhin war Ruhe gewesen. Das Kopfschütteln hatten die anderen zwar beibehalten, aber nach Dieters Entgegnung wenigstens ohne weiteren Text.

Ah, der Kaffee tat gut jetzt. Dieter war ein routinierter Autofahrer und bisher auch unfallfrei, aber trotzdem war die Strecke Düsseldorf–Bruchsal etwas anstrengend gewesen, obwohl er merken konnte, wie sich mit jedem Kilometer wachsender Distanz zum Heimatort eine zunehmende Urlaubsstimmung einstellte. Er freute sich jetzt auf zwei Wochen an einem fremden Ort, mit neuen Leuten und neuen Ereignissen. Dieter stieg wieder in seinen Wagen und fuhr erwartungsvoll die verbleibenden Kilometer bis zu seiner Unterkunft in Oberöwisheim.

Dort angekommen, leiteten ihn Schilder mit der Aufschrift »Kreativer Tauchlehrgang« zum für ihn vorgesehenen Parkplatz. Hier standen schon zwei Wagen aus Schwäbisch Gmünd, einer aus Oldenburg, einer aus Berlin, aus Rosenheim, aus Gelsenkirchen, aus Augsburg, und nun stand er aus Düsseldorf auch noch dabei. Etwas aufgeregt entnahm er dem Kofferraum sein Gepäck und ging auf das Hotel zu. An der Rezeption wurde er freundlich begrüßt und erfuhr, dass sich seine Reisegruppe zu einem kleinen Warm-up um 19.00 Uhr im Raum »Gobi« treffen werde.

Sein Zimmer gefiel ihm schon mal. Durch die große Fensterfront sah man in den großzügigen Garten, und es gab einen Zugang zu einem kleinen Balkon, auf dem man aber gut sitzen konnte. Bis 19.00 Uhr hatte er außerdem noch genug Zeit, um seine üblichen Maßnahmen zu ergreifen. Dafür musste er noch mal an seinen Kofferraum, um das Bettzeug, die Matratze und den Reiseteppich zu holen, aber das war ja alles schnell gemacht. Den Duschvorhang würde er morgen austauschen, dafür war er nach dieser langen Autofahrt einfach zu kaputt. Dieter stand am Fenster und kaute nachdenklich das Begrüßerli, das auf dem Hotelbettkissen gelegen hatte. Sollte er sich noch einmal umziehen, bevor er auf die anderen Reiseteilnehmer traf? Der Nasentest unterm rechten Arm gab ihm die Antwort. Wenn es von da scharf wehte, dann war es links ganz schlimm. Er wusste nicht, warum sein Körpergeruch sich nicht symmetrisch verhielt, aber es war nun mal so. Deshalb setzte er sich im Kino, Theater oder bei anderen Unternehmungen stets links von seinen Begleitungen, weil er immer von links zu riechen begann. Wenn er roch. Er war jetzt keiner, der immer irgendwann zu riechen begann, dazu war er grundsätzlich zu reinlich. Aber wenn, dann roch er von links beginnend.

Dieter erledigte rasch seinen Maßnahmen-Katalog, machte sich daraufhin im Bad unter beiden Armen frisch und erschien im sauberen kupfer-schwarz gestreiften Hemd fast pünktlich um 19.07 Uhr im Raum »Gobi«. Die sieben Minuten waren verdammt zäh gewesen, aber wer um Punkt 19.00 Uhr bei einer Gruppen-Verabredung um 19.00 Uhr auftauchte, der baute auch die Eierschale wieder zusammen, nachdem er das gekochte Ei verspeist hatte.

So einer war er nicht. Er war Dieter Becher, der Würger von Düsseldorf. Und kam um 19.07 Uhr. So einer war er.

»Aaah, wat ham wa denn hiea fürn noin Kollejen? Tach, junga Mann, ick bin Peta«, schmetterte ihm ein scheint's prächtig gelaunter Miturlauber entgegen, als Dieter den Raum betrat. »Wo kommste hea, wo jehste hin, wat looft?« – rumms! – ein Hau von Peter auf Dieters Schulter, und schon hatte er ein Glas Prosecco in der Hand, der zur Begrüßung gereicht wurde. Das musste also der Besitzer des Berliner Wagens sein, schloss Dieter und stellte sich seinerseits vor: »Dieter, hallo. Dieter Becher aus Düsseldorf. Lass mich raten, du bist der Peter aus Berlin?«

»Wattnn! Wie hasstn ditt jetz so schnell uffjeschnappt, hört man dit oda wat?«

»Mei, des frogst jetzt aba net ernsthoft, oda?«, meldete sich nun der Rosenheimer zu Wort, der ebenso sein Autokennzeichen auf der Zunge trug.

»Hui, jetz hamwa hiea aba 'n knallhartn Bayern uffn Plan jerufn! Anjenehm, Peta, wie jesacht, wat ham sichn deine Eltan füa dich füa 'ne Bezeichnung ousjedacht?«

»I bin da Meisel's Jocki, grüßts eich!«

Allgemeines Begrüßungsgemurmel im Raum. Da betrat der Veranstalter höchstselbst die Szenerie: »Einen schönen guten

Abend, meine lieben Urlauber, mein Name ist Norbert Wegberg, entschuldigt die Verspätung, ich hatte noch mit dem letzten Schriftkram zu tun, jetzt hab ich aber von jedem seinen Anmeldebogen, und nun kann's losgehen. Hinein in einen hoffentlich rundum gelungenen Urlaub. Ich seh schon, ihr habt bereits begonnen, Euch bekannt zu machen? Ich selbst mache diese Art Gruppenreisen nun schon seit vier Jahren, war ursprünglich Musiklehrer und wollte irgendwann einfach noch mal was anderes machen. Wir haben in den nächsten Tagen noch genug Gelegenheit, uns näher kennenzulernen, deshalb schlage ich vor, dass sich jetzt jeder, wie er mag, Prosecco und Häppchen nimmt und sich einfach umschaut.«

Super. Großes Talent, Herr Wegberg! Dieter hätte es viel lieber gehabt, wenn der Herr Veranstalter die Begrüßungsrunde weiter moderiert hätte, so musste er sich selbst überlegen, wie er mit der gut aussehenden Dame direkt gegenüber ins Gespräch kam. Es gab noch eine andere, ungut aussehende, mit der fing er erst mal an, zum Reinkommen.

Zwei Stunden später hatte Dieter mit jedem im Raum ein paar Worte gewechselt und fand mittlerweile den Berliner sympathischer als zu Beginn, den Rosenheimer so blöd wie erwartet, die Hübsche kam aus Oldenburg und hatte einen Stock im Arsch, und die Schäbige war ein versautes Ding mit einer hammergeilen Stimme, schwäbelte aber, dass sich die Balken bogen. Der Augsburger versuchte die ganze Zeit, mit den Fuggern anzugeben, kriegte das Thema in der Runde aber nicht so richtig unter. Auf diesen Urlaub durfte man gespannt sein.

JESUS STAND in seinem zweistöckigen Badezimmer vor dem Spiegel und hantierte mit dem Langhaarschneider seines Rasierers. Heute musste er sich mal ein paar Handgriffe mehr um seine äußere Erscheinung kümmern, denn heute stand turnusmäßig sein monatlicher Vortrag auf dem Programm. Referieren würde er dieses Mal über: »AUFERSTEHUNG – könnte ich das heute noch?«

Das Reden vor einer großen Gruppe von Leuten machte ihm nach wie vor großen Spaß. Mittlerweile war es schon sehr, sehr lange her, aber die Erinnerung an die langen Wanderungen durchs Land, auf denen er sich immer neue Geschichten für die Leute auf den Marktplätzen ausgedacht hatte, war ihm immer noch sehr präsent. Und was konnte man den Leuten nicht alles erzählen! Wer eine gewisse natürliche Autorität besaß, der konnte behaupten, was er wollte, die Leute erzählten sich das weiter, und plötzlich war es belegt. Und dann hatte man das Problem, dass man nicht mehr zurückrudern konnte. Bei manchen Anekdoten waren schlicht und ergreifend die Pferde mit ihm durchgegangen, weil er so einen Spaß an den staunenden Gesichtern gehabt hatte. Die Geschichte zum Beispiel, wie seine Mutter mit ihm schwanger geworden war, hielt sich bis heute. Es gab tatsächlich immer noch Leute, die steif und fest behaupteten, dass seine Ma weder mit Josef, seinem Vater, noch mit irgendeinem anderen Herrn der damaligen Gesellschaft jemals in näheren Körperkontakt getreten war! Für ihn unbegreiflich. Da bimmste man damals schon den Kleinen die Geschichte von den Bienchen und den Blümchen ein, später dann nahm man sich das ganze Thema Fortpflanzung noch mal neu vor, richtig mit Biologie-Buch und so weiter, und was blieb zum Schluss hängen? Unbefleckte Empfängnis. Na ja, er war ja selbst schuld. Er hatte damals diesen Begriff geprägt, einfach mal so ein Bild aus der Reinigungsbranche benutzt, die allerdings erst in der Neuzeit so richtig boomen sollte, zu seiner Zeit hatten die wenigsten ein chemisches Bad gekannt, und die Leute waren so darauf abgefahren, da war kein Halten mehr gewesen. Einmal so eine Legende in die Welt gesetzt, hatte er natürlich selbst auch nicht mehr erfahren, wer denn nun sein leiblicher Vater war. Sei's drum, Gottvater, sein offizieller Paps, gab keinerlei Anlass zu Beschwerden. Der war wirklich in Ordnung und auch, was den Humor anging, ähnlich gestrickt wie er selbst. Sie hatten beide bei allem Unsinn, den sie so im Kopf hatten, die gleichen Werte, Würde des Menschen, Gewaltlosigkeit und so weiter. Obwohl, dass sein alter Herr heute der Ansicht war, dass Draufhauen keine Lösung ist, das war Jesus' Verdienst nach langen nächtlichen Auseinandersetzungen. Zunächst hatte Gottvater zu diesem Thema nämlich eine ganz andere Meinung vertreten. Mal im Zorn so ein halbes Volk auslöschen, damit war er, bevor ihm Jesus klargemacht hatte, dass er das regelrecht abartig fand, nicht gerade zimperlich gewesen. Mittlerweile fand er es selbst undenkbar, wie er ursprünglich auf einfache Menschen losgegangen war, wenn die nicht spurten. Oder wie er Auftragstaten an Gefolgsleute vergeben hatte. Diese Unkontrolliertheit, wenn ihm jemand nicht so folgte, wie er sich das wünschte, hatte er mittlerweile nahezu ganz abgelegt. Die eine oder andere Brüllerei zwischen ihnen gab es zwar auch heute noch, aber das kam in den besten Familien vor. Dann haute man sich mal ein paar kräftige Begriffe an den Kopf, und danach Prost. Die Hand rutschte Gottvater schon lange nicht mehr aus. Jesus war heilfroh, dass er selbst schon immer von so stabiler Persönlichkeit gewesen war, weil er natürlich wusste, dass Gewalt in der Familie an die folgenden Generationen weitergegeben wurde und man sich nur mühsam von solch schädlichen Modellen, wie Eltern sie einem vorlebten, lösen konnte. Das wiederum brachte ihn schon wieder auf den Gedanken, ob nicht doch der Schreiner Josef, ein total friedlicher Zeitgenosse, sein Erzeuger war. Na ja, er würde die Wahrheit darüber nie mehr erfahren, weil das wirklich zu den letzten Tabuthemen, auch zwischen ihm und Gottvater gehörte. Obwohl, sag niemals nie. Sie hatten hier oben ja immens viel Zeit vor sich. Hier starb keiner mehr weg, hier blieb man. Das war schon prima eingerichtet: Ständig kamen neue Leute, für alle war ausreichend Platz, und man bekam wirklich nie das Gefühl, dass es langsam eng wurde oder zu voll und zu laut. Wirklich gut gemacht. Das hatten sich doch bestimmt wieder irgendwelche Physiker ausgedacht. So mit Raum und Verdrängung und all so was. Keine Ahnung. Über derartige Fragen hatte Gottvater bisher nie groß mit ihm gesprochen, und er selbst war nach der langen Himmelfahrt damals einfach nur froh gewesen, endlich hier anzukommen, und hatte keine weiteren Fragen gestellt, und später hatte es sich irgendwie nie ergeben. Das empfand Jesus eben auch als so angenehm hier: Natürlich waren die Erwartungen an ihn immer noch andere, als man sie an ganz normale Menschen hatte, dafür war er in der Vergangenheit schließlich mit zu vielen außergewöhnlichen Aktionen aufgefallen, aber selbst er musste nicht alles wissen. Es klingelte. Kein Problem, mit der Rasur und den bewegendsten Gedanken war er jetzt auch durch und gespannt, wer etwas von ihm wollte.

»Ah, hallo Sabine, komm rein.«

»Boah, du weißt sofort meinen Namen? Bei so vielen Leuten? Wir haben uns doch erst einmal getroffen, als ich hier oben ankam und Jens mir alles gezeigt hat!«

Jesus duftete unwiderstehlich. Er war eine derart gepflegte Erscheinung mit schulterlangen glänzenden Locken, zarten, aber nicht weibischen Händen, er schaute einem verwirrend gerade in die Augen – nein, das konnte nicht sein! Sabine sträubte sich noch innerlich gegen ein intensives Bild, das in ihr hochstieg. Was sie sah, rief abrupt die Vorstellung von Dieter wach. Die Haare, die Augen, die Stimme – alles wie bei

Dieter! Sabine schluckte. Und im selben Moment füllten sich ihre Augen mit Tränen.

»Sabine? Was ist los mit dir? Was bringt dich zum Weinen?«

Sabine, die eigentlich nur vorbeigekommen war, um Jesus zu fragen, ob er ihr ein Plakat mit Werbung für seinen abendlichen Vortrag unterschrieb, damit sie sich das Poster in die Küche hängen konnte, war ganz aufgelöst. Bei der ersten Begegnung war sie so beeindruckt von allem anderen gewesen, dass ihr nicht aufgefallen war, wie groß die Ähnlichkeit zwischen Dieter und Jesus war. Natürlich hatte man Dieter auf Erden oft gefoppt damit, dass er ja aussehe wie Jesus, hahaha! Und ob er denn nicht endlich mal was Bier ins Fass zaubern könne, aber jetzt stand sie hier vor dem Original, und jegliche Scherzereien waren ihr vergangen. Sie stand da in der Diele und weinte. Jesus schien gar nicht erschrocken über ihre Tränen. Nichts von der Panik, die Männer immer befällt, wenn sie eine aufgelöste Frau vor sich haben. Er schien in aller Ruhe abwarten zu können, bis sie wieder fähig war zu sprechen, und hielt ihr dabei die Hand. Wie wohltuend! Na ja, Gottes Sohn eben. Wenn der es nicht raushatte mit dem Trösten, wer dann? Sabine hob ihren Blick, als ihre Atmung wieder ruhiger wurde, und schaute Jesus an.

»Es ist nur, weil …, es ist, du …, weil du …, ach, Mensch!«, der nächste Schwall Tränen ergoss sich über ihr Gesicht. Mann, da kam aber auch eine Menge! Jetzt wurde allmählich ihr Hosensaum nass, man trug im Moment ja diese bodenlangen. Jesus führte sie langsam in sein Wohnzimmer, reichte ihr ein Papiertaschentuch und ließ sie Platz nehmen auf einem Traum von Sofa.

»Ist es, weil ich so aussehe wie jemand, den du kennst?«

Sabine nickte in ihr nass geheultes Taschentuch. Woher wusste der das jetzt schon wieder?!

»Ach ja, das ist wirklich ein verdammter Mist! Ich weiß. Vielleicht tröstet es dich, ich sehe nämlich aus wie ganz viele. Ich habe dieses typische Allerweltsgesicht. Ich war vom Schöpfer halt gedacht als so etwas wie ein Prototyp, das war damals sein Konzept. Er wollte zumindest dem männlichen Teil der

Bevölkerung bei der Vorbild-Schaffung zusätzlich durch meine Optik helfen. Das sollte ganz klandestin vonstattengehen, ein Teil der Männer, natürlich nicht alle, das hätte ja so massenhaft etwas komisch gewirkt, aber die schon mal sollten sich, wenn sie mich ansahen, in mir wiedererkennen, und damit sollte es ihnen leichter fallen, mir zu folgen. Alles unterbewusst, das war wirklich schlau ausgedacht von meinem Vater! Und klar, wenn man dann eines Tages vor mir steht und einem das plötzlich bewusst wird: wie, der berühmte Jesus, der sieht auch nur so aus wie der Ralf, der Peter, der Jochen und der irgendwas?! – das ist immer wieder ein Schock für die Leute. Für mich natürlich ein bisschen blöd, andauernd in heulende Gesichter zu schauen, weil ich so aussehe, wie ich aussehe, aber ich kann das verstehen.«

Sabine tauchte wieder aus ihrer Aufgelöstheit auf. Sie war zunächst gar nicht auf die Idee gekommen, dass es eine Enttäuschung sein könnte, wenn Jesus so aussah wie Dieter, sie hatte einfach nur so plötzlich vor dieser vertrauten Erscheinung gestanden und war überwältigt gewesen. Aber natürlich war es auch irgendwie ernüchternd, bei Jesus in ein Gesicht zu schauen, in das man auf Erden schon Tausende Male geblickt hatte.

»Damit, liebe Sabine, bist du konfrontiert mit der Tatsache, dass es welt- und weltallweit keine einzigartige Erscheinung gibt. Jeder Mensch besteht aus immer wieder neu aufgelegten Versatzstücken, das ist leider so. Enttäuscht?«

Tja, enttäuscht? Das konnte Sabine so einfach gar nicht beantworten. Nein, so richtig enttäuscht war sie eigentlich nicht. Dafür kam ihr jetzt zu schnell die Erinnerung an die vielen Male, als sie gedacht hatte, ach, guck mal, der oder die sieht doch original aus wie der oder die!

Zumindest Teile eines Menschen sahen immer wieder aus wie die eines anderen. Ihr selbst hatte man wiederholt gesagt, dass sie Ähnlichkeit habe mit der frühen Iris Berben. Das konnte sie ja dann jetzt für bare Münze nehmen, wenn Jesus recht hatte mit den immer wieder verwendeten Einzelteilen. Und der hatte schließlich Ahnung von dem Thema, er war ja, so zumindest die nicht kaputtzukriegende Gerüchteküche, irgendwie qua Familientradition an der Erschaffung des Menschen beteiligt gewesen. Da streifte sie nun wieder diese Sache mit dem Urknall. Oder doch Werkstatt Gottes? Aber die letztere Vorstellung hatte doch immer etwas Zombiehaftes, egal wie man das drehte, oder nicht? Woran denn jetzt glauben? Ach, unwichtig, sie hatte urgeknallte oder selbst gebastelte Teile von Iris Berben und basta! Brauchte sich demnach vorm Altern also auch nicht zu fürchten, wenn man dran dachte, wie Frau Berben einem das vormachte. Immer blieb einem bei der die Frage: War da einer dran oder war da keiner dran? Die Berben selbst hatte mal gesagt, nee, keiner, und die Hyänen, die auch andauernd über diese roten Teppiche liefen, hatten dann durch ihre Augenschlitze geguckt und mit vollen Lippen gesagt: Klar war da einer dran. Das war aber jetzt auch vollkommen egal! Sie würde doch hier oben gar nicht mehr älter werden. Jeder Himmelsbewohner blieb ja in dem Zustand, in dem er oben ankam. Bei den fies Kranken und den durch Unfall oder Mord plötzlich Entstellten wurde dann in der ersten Zeit ein bisschen nachgeholfen, bis sie sich in ihrer Haut wieder wohlfühlten. Und zum Schluss kam dabei heraus, dass sich im Himmel ausschließlich Wohlfühler aufhielten. So war das gedacht.

»Meine liebe Sabine«, brachte sich Jesus wieder in Erinnerung, »an dir, und ich will dir gar nicht mal schmeicheln, kann man nämlich mal wieder feststellen, wie vorteilhaft es ist, dass die Phänotypenteile nie nur ein einziges Mal verwendet wurden. Dich hat schließlich die Ähnlichkeit mit Iris Berben erwischt. Ist doch nicht das Schlechteste, oder?«

Nun lachten sie beide. Sabine wollte sich jetzt nicht in die Gesprächsrichtung begeben, was denn mit den Teilen einer Frau Ferres passierte, ob man so etwas auch wieder zurückgeben konnte, sie wechselte lieber das Thema und erzählte Jesus ihre Geschichte mit Dieter. Er revanchierte sich mit der Klarstellung, dass er hier oben ausschließlich für die Einhaltung eines rücksichtsvollen, respektvollen Umgangs mit anderen zuständig sei, durchaus auch mal, wie heute Abend, einen Vortrag halte, aber keinesfalls weiter auf dem Starticket fahren wolle wie damals, als ihm die Massen zujubelten.

»Du wirst dadurch so festgelegt, verstehst du? Ich konnte irgendwann an keiner liegen gebliebenen Eselskarre mehr vorbeigehen, es wurde einfach erwartet, dass ich mir alles vorknöpfte, was nicht funktionierte. In dieses Fahrwasser will ich nie wieder geraten.«

Das waren ähnliche Töne, wie Sabine sie bereits von der Knef gehört hatte, die auch manchmal ihres Ruhms müde gewesen war.

Als Jesus ihr dann in seiner Offenheit von den Schwierigkeiten mit seinen Eltern Maria und Josef erzählte, bekam Sabine zunehmend eine Vorstellung davon, dass als ein Jesus geboren zu sein absolut kein Zuckerschlecken war. Maria und Josef nämlich hatten, hier oben angekommen, jeglichen Kontakt zu Gottvater und Jesus verweigert und sich mit ihrem Wohnsitz in ein ganz entlegenes Gebiet zurückgezogen. Ihre Begründung hierfür war, dass sie ihr Leben lang unter der Schmach gelitten hätten, welche haarsträubenden Geschichten die Leute sich über sie erzählt hatten, und dass sie es nicht noch einmal zulassen wollten, dass Josef neben einem anderen nicht ernst genommen werde und wiederholt zweite Wahl sei. Zu tief waren anscheinend die Kränkungen für beide, die doch ihr Leben als ganz normale Menschen begonnen und geplant hatten und dann in so eine gottverdammte Geschichte hineingeraten waren, ohne dass sie mal jemand gefragt hätte.

Und dabei hatte Sabine immer gedacht, dass die heilige Familie hier oben glücklich vereint sei. Wieder mal ein Beweis dafür, dass das Leben einer Patchwork-Familie nur den wenigsten lag.

Den Plan, sich Jesus' Poster an die Wand zu hängen, fand Sabine jetzt ausgesprochen peinlich und war froh, dass er noch gar nicht zur Sprache gekommen war. Nun musste sie sich nur einen anderen Grund für ihr unangekündigtes Klingeln ausdenken, und dann wollte sie auch wieder gehen. Er hatte ihr genug von seiner Aufmerksamkeit geschenkt. Und eins war absolut klar: Der Mann war der spektakulärste, der ihr je begegnet war, da konnte er jetzt noch so sehr auf seine Exklusivitäts-Müdigkeit hinweisen. Der war definitiv das Original, das stand mal fest!

»HÖMMA, HASSE NICH LUST, dat wia zwei beide ’n Stücksken mitte Autos hintananda heafahn und aufe Raststätte kuaz voa Noadrhain-Westfaln, ich sachma in … ach, waiß ich getz au nich aufe Schnelle, gedenfalls, dat wia zwei nochn Käffken schlüafen?«

Aufbruchstimmung in Oberöwisheim. Heute war Abreisetag, Dieter verstaute gerade seinen Koffer im Wagen und kam beim Hochkommen neben Jochen aus Gelsenkirchen zu stehen. Von den anderen aus der Reisegruppe hatte er sich schon verabschiedet, und nun war ihm Jochen noch bis draußen gefolgt.

Die vergangenen zwei Wochen waren sehr schnell vergangen, was zum einen an der schönen Weingegend in gutem Wetter gelegen hatte, zum anderen aber auch an der ausgesprochen gelungenen Zusammensetzung besonders zweier Gruppenteilnehmer, nämlich Peter aus Berlin und dem lecker Schätzken Jochen ausm Pott. Die beiden hatten störungsfrei wie Max und Moritz zueinandergefunden und verkrafteten es nur schwer, dass ihre Heimatadressen für ein schnelles abendliches Bier nicht gerade auf der Strecke lagen.

Jetzt dockte Jochen also bei Dieter an, der diesen zwar tatsächlich ins Herz geschlossen hatte, andererseits aber auch froh war, dieser stets gut gelaunten Kohlenpott-Seele mit gut geölter Schnauze durch Heimreise wieder zu entkommen. Mit ihren Herzen auf der Zunge hatten sich Peter und Jochen stets gegenseitig überboten, ihre beiden Leben gaben so viele Anekdoten her, dass von keinem der anderen Teilnehmer ein Fernseher oder Kino oder andere zerstreuende Medien vermisst worden waren. Die Geschichte, wie sich Peter einst beim Überqueren einer Straße in einer gefühlt 18 Kilometer langen Leine verheddert hatte, an deren einem Ende ein Mops, an deren anderem Ende eine dieser vielen immergleichen Moderatorinnen festgetackert gewesen war, wie es darüber dann Rot geworden war, sodass er im fließenden Stadtverkehr mit Mops und Moderatorin auf der Mittelspur wieder versucht hatte, auf die Beine zu kommen, während ein Passant, hocherfreut über das erzwungene Innehalten der Moderatorin diese, seine Chance nutzend, um ein Autogramm gebeten hatte: »Entschuldigen Sie, ich mache so was normalerweise nicht, Sie wollen ja auch mal privat sein, aber wo Sie hier so liegen, könnten Sie hier mal gerade unterschreiben – oder haben Sie vielleicht eine Karte dabei?« Diese Geschichte würde Dieter so schnell nicht vergessen. Direkt daran hatte natürlich eine Schote von Jochen angeknüpft, der sich einmal in einem Kölner Brauhaus mit besonders viel Publikumsverkehr und ebenso viel Obergärigem im Kopf versehentlich auf der Damentoilette wiedergefunden hatte, was er nicht sofort bemerkte, weil er sich eh immer setzte, und der dann aufgrund einer schlimmeren Indiskretion als der anderen, ausgeplaudert von den sich erleichternden Damen, die sich auf öffentlichen Toiletten anscheinend noch ungenierter besprachen als daheim am Telefon, sage und schreibe vier Stunden dort festgesessen hatte, weil er zu keinem Zeitpunkt ungesehen das Örtchen hätte verlassen können. Denn die Vorstellung, die er von den schwatzhaften Toilettenbesucherinnen gewonnen hatte, hatte ihn nicht gerade dazu ermuntert, sich diesen zu zeigen. Die hätten ihre Schilderungen kurz unterbrochen, ihn gemeinschaftlich geteert und gefedert und dann weitergeschnattert.

Mit Jochen und Peter abends zusammenzusitzen hatte die Anwesenden in Hörbuchstimmung versetzt, und jetzt hieß es für Dieter, sich wieder selbst mit Geschichten zu versorgen. Er würde die beiden vermissen. Aber sich kurz vorm Heimkommen noch mal mit Jochen zum Kaffee zu treffen, das war ihm für heute zu viel. Er freute sich auf die Ruhe, die ihn zu

Hause erwartete. Nach zwei Wochen wieder ganz allein den Tag beginnen, den Tag beenden, sein Essen zu sich nehmen, seine Musik hören, das stellte er sich geradezu himmlisch vor. Länger als zwei Wochen würde er sich auch in Zukunft nicht in eine Gruppe begeben. Man musste ja in dieser Zeit schließlich auch diejenigen ertragen, die man ansonsten noch nicht mal um ein Taschentuch bitten würde. In seinem Fall waren das dieser anstrengende Möchtegern-Fugger gewesen und die steifste aller Oldenburgerinnen, die ein Oldenburger Elternpaar je hervorgebracht hatte. Wie das Schicksal aber nun mal immer so spielt, hatten diese beiden Kandidaten des Schreckens einander zum gemeinschaftlichen Klugscheißen gefunden. Wenn man eine gewisse räumliche Distanz zu ihnen einhielt, blieb man zwar weiterhin Laie auf dem Gebiet der Fuggereien, und auch die Oldenburger Stadtgeschichte erreichte einen nicht, man störte andererseits aber auch nicht zwei Korinthenkacker, die anscheinend darin aufgingen, vollkommen furztrockene Gespräche miteinander zu führen. Man hatte die beiden nicht ein einziges Mal lachen sehen.

Nun ja, jedem, wie es ihm gefällt.

Dieter bemerkte plötzlich, dass Jochen neben ihm immer noch auf eine Antwort wartete. Er war eben jemand, der auf eine Frage hin erst einmal in längeres Nachdenken verfiel. Das war ihm in den vergangenen zwei Wochen im Kontakt mit den anderen immer wieder aufgefallen. Nicht, dass ihm das neu gewesen wäre, aber im Urlaub wirkten ja manche Momente wie ein Vergrößerungsglas. Jochen als freundlicher Gemütsmensch hatte es sich dann an seiner Seite immer schön gemütlich gemacht und seine Überlegungen zu gegebener Zeit gerne auch mal unterbrochen mit Nachfragen wie: »Lohnt et sich, auf ’ne Antwoart zu waten, dann hol ich mir nämmich wat zum Sitzen?« oder »Hömma, gib mir eimfach zwischenduach ’n Zeichn, datte no lebs, Bruder.«

Und auch jetzt half Jochen Dieter wieder zurück ins Gespräch:

»Wat hasse denn getz widder so viel zum Verknusen bei de

eimfache Frage, nochn Käffken mitn Jochen oder nich? Auf wat fürn schweret Ding kause denn grade rum, Keal?«

»Ach, entschuldige, ich hab mir gerade in Gedanken mein Nachhausekommen vorgestellt, das hat wohl doch was länger gedauert, hab ich gar nicht gemerkt. Nee, mein Lieber, das ist 'ne nette Idee mit dem Kaffee, aber ich möchte gern in einem Rutsch nach Hause, auspacken, Wäsche waschen, Post durchgucken und so weiter.«

»Üüberhaupt kain Theema, Junge. Geh du na Hause und fertich, alles klar. Is villeicht au besser, dat Dingen hiea is getz vobei un Ende, nä? Dat noch verlängern, dat bringtet ja au nich, nä, hasse eingtlich recht. Ich find dat nur so gruselich, die lääre Wohnung, nach so viele Leute hier.«

Der Mann ausm Pott! Das mochte Dieter so gern an diesem Menschenschlag: Die verkrampften nicht beim lebenslangen Bemühen um Coolness, die trugen, Männlein wie Weiblein, das Herz auf der Zunge und du wusstest Bescheid.

Er nahm Jochen noch einmal herzlich in die Arme: »Mensch Jochen, das war 'ne super Zeit mit dir!«, bemühte er sich jetzt auch um authentische Aussagen. Das hatte der Mann verdient. »Deine Wohnung bleibt nicht immer leer, das versprech ich dir! So einer wie du findet bald wieder eine fürs Herz!«

»Und für bisken weiter unten bitte auch! Da muss sich ma wieder jemand anders wie ich drum kümmern, dat sachich dir aber!«, geierte Jochen ihm zwischen seine gut gemeinten Abschiedsworte.

»Okay, Jochen, wenn ich eine treffe, die diesen Kriterien entspricht, schick ich sie zu dir. Tschüss, mein Lieber, und halt die Ohren steif!«

»Bissken weiter unten aber ...«

»Jaha, ich hab verstanden, da auch. Meld dich, wenn du mal in Düsseldorf bist, hast ja meine Nummer.«

Dieter bestieg den Fahrersitz, hupte Jochen noch mal freundlich an und fuhr dann gen Heimat.

Auf der Fahrt konnte er noch einmal herrlich ungestört die vergangenen zwei Wochen Revue passieren lassen. Wie mühsam es gewesen war, an diesen verdammten Tauchschein dranzukommen, zum Beispiel. Es hatte nämlich doch alles unter Einsatz von Wasser stattgefunden und nicht, wie er es in dem Prospekt zunächst verstanden hatte, nur auf dem Trockenen. Damit würde er seinen zuvor geifernden Kollegen bei seiner Rückkehr natürlich hübsch die Mäuler stopfen können. Das Training hatte in einem großen Whirlpool im Keller des Hotels begonnen, war fortgesetzt worden im hauseigenen Gartenteich und hatte zum Schluss in einem strömungsarmen Teil des Neckar geendet. Die Anreise nach Neckargemünd von Oberöwisheim aus war an zwei Tagen in einem Reisebus für die Teilnehmer des Tauchkurses erfolgt und hatte den Abschluss des Lehrgangs gebildet. Dann hatten aber auch endlich alle den Schein in der Tasche gehabt. Allerdings erst nach einer recht spektakulären Rettungsaktion. Jochen war bis zum Ende unbelehrbar geblieben und hatte trotz Atemgerät das Reden nicht eingestellt, woraufhin es mit seiner Luftversorgung problematisch geworden war. Nach besagter Rückholaktion durch den Tauchlehrer und einem sich anschließenden sehr ernsten Gespräch unter Ausschluss aller anderen hatte dann aber auch noch Jochen die Prüfung wie gefordert absolviert, und man hatte am Abend mit allen den neuen Status als Taucher feiern können.

Es war wirklich ein ereignisreicher Urlaub gewesen, und das, obwohl Dieter sich dafür nicht in die weite Welt, sondern in einen vollkommen verschnarchten Teil Deutschlands begeben hatte, dachte er jetzt hochzufrieden.

Ein paar Stunden später rollte er angenehm müde in eine Parklücke in der Nähe seines Hauses. Mit dem Koffer an seiner Haustür angekommen, traute er seinen Augen nicht: Da stand Bettina, die Kollegin von Sabine, im Eingang und schaute ihm entgegen.

»Bettina?! Was machst du denn hier?!«

»Hallo, Dieter. Da scheine ich ja den richtigen Moment erwischt zu haben, von wo kommst du denn gerade?«

»Ich hab mal zwei Wochen Urlaub gemacht, das war auch

dringend nötig, sag ich dir. Der Verlust von Sabine und dann wieder dieser Alltag, ich brauchte einfach mal 'ne Pause.«

»Hmhm.« Bettina guckte ihn irgendwie seltsam an. Sie musterte ihn regelrecht. Wonach suchte sie denn sein Gesicht ab? Was war mit der denn los?

»Kann ich grad aufn Sprung mit hochkommen? Ich würde nämlich gerne was mit dir besprechen. Auf der Straße wär das aber nicht so günstig ...«

»Ja, natürlich. Komm rein.« Dieter schluckte einmal schwer. Die kam ihm aber sehr komisch vor. Und ganz so schnell hatte er den Urlaub gar nicht hinter sich lassen wollen. Im zweiten Stock öffnete er die Wohnungstür, bat Bettina herein, stellte seinen Koffer im Flur ab, zog sich seine Jacke aus, hängte sie an die Garderobe, dann ging er vor ins Wohnzimmer. Bettina blieb im Flur stehen. Die ganze Zeit fiel kein einziges Wort.

»Wo hat sie denn gelegen?« Für Dieter kam diese Frage völlig unvermittelt.

»Ääh, ja, wo hat sie denn gelegen ... äh, wie, wer jetzt genau?«

»Ja, Sabine natürlich, wer hat denn hier sonst noch gelegen?! Du bist vielleicht gut!«

»Ääh, entschuldige, das kam jetzt ein bisschen plötzlich, die Frage, weißte, sie hat ja auch oft im Bett gelegen oder hier auf dem Sofa. Oder so. Ja, ähm. Aber du meinst jetzt, wo sie tot war, ne?«

Bettina zog ihre Stirn in Falten, legte ihren Kopf schräg und sagte nichts. Schaute ihn nur an.

»Ja, also, gelegen hat Sabine, als sie dann tot war, hier im Flur. Da.« Er drehte sich um und wies mit der Hand ungefähr da hin, wo Bettina gerade stand.

Bettina blieb stumm. Und schaute ihn mit diesem taxierenden Blick an. Das machte ihn ganz fertig. Die sollte endlich mal was sagen! Was Normales! Mal fragen, wie es denn im Urlaub gewesen war, so Sachen.

»Tja, soll ich uns einfach mal 'nen Kaffee machen und ein bisschen vom Urlaub erzählen? Das war nämlich wirklich schön, in so 'nem Weingebiet, da kann man ja echt gut Erholung finden, meint man gar nicht, man denkt ja immer eher an Mallorca oder so, ne? Oder Tauchschein zum Beispiel: hab ich jetzt auch!«

»Sag mal, hast du eine Meise?! Hattest du schon immer eine Meise?! Vom Urlaub erzählen! Ich glaub's nicht! Da hat Sabine gelegen, das ist erst ein halbes Jahr her, die Stelle ist ja fast noch warm, und du willst mir von so 'nem beschissenen Weingebiet erzählen! Ich trink jetzt auch keinen Kaffee, seit Monaten eiere ich um diesen Besuch hier rum, zermartere mir das Hirn, denke über Sabine nach, denke über dich nach, denke über alles und über nichts nach, Dieter, ich will ganz einfach wissen, WAS IST MIT SABINE PASSIERT?! Sabine fehlt an allen Ecken und Enden! Die kommt nicht mehr, die ist ganz einfach nicht mehr da! Und ich schwör dir, es gibt auf der ganzen Welt keinen Menschen, der Sabines Tod wollte! Bis auf einen, einer muss es ja gewesen sein. Und dazu hab ich nach all dem Nachdenken nur eine Idee. Zweimal war der Kommissar bei uns in der Einrichtung und einmal bei mir zu Hause, und ich hab ihm nie was angedeutet, aber haben die mal genau überprüft, wo *du* denn warst, als sie starb, was *du* denen erzählt hast zum ganzen Geschehen?! Jetzt glotz mich nicht so an, verdammt, ich muss dich das fragen, ich kann sonst nicht mehr schlafen, du wärst doch nicht der erste Mann, der sich plötzlich auf seine Frau stürzt – ich sag nur, Stichwort Eierlöffel – und bis dahin hätte das nie einer vermutet – ›der Herr Becher?? Nein, der Herr Becher ist so ein freundlicher Herr und soo ein angenehmer Nachbar, der kann doch keiner Fliege was tun!‹«

Dieter schwitzte. Überall. Unter den Armen, am Rücken, in der Arschfalte, auf der Stirn, in den Handflächen. Ihm brach der kalte Schweiß aus. Bettina atmete schwer nach ihrem wortreichen Ausbruch.

Ganz plötzlich wurde ihm klar, dass er es langfristig lieber hätte, man würde ihm die Tat nicht zutrauen. Die Selbstwertfrage, die mal im Raum gestanden hatte, hatte sich regelrecht in Luft aufgelöst. Er war absolut nicht scharf darauf, dass Bettina ihrer Vermutung, wer der Täter sei, weiter nachging.

Oh Mann! Wie sollte es denn jetzt weitergehen?

Bettina hatte die ganze Zeit ihren Motorradhelm fest umklammert und die Lederjacke anbehalten. Nun wandte sie sich zur Tür: »Ach, Dieter, weißte, ich will jetzt gar nix hören von dir. Ich ertrag es nicht, wenn du mir jetzt irgendeine Scheiße verklickern willst. Und was solltest du mir anderes erzählen wollen als irgendeine Scheiße, wenn ich sehe, wie du hier aus deinem Weingebiet kommst, so gut erholt und zufrieden, so ... so ... sommerfrisch, ach, ich hätt gar nicht kommen sollen! Fast hätt ich ja auch Glück gehabt und dich gar nicht angetroffen, das wär vielleicht viel besser gewesen. Aber ich hab gedacht, komm, wenn er jetzt da ist, dann kannste ihn endlich mal alles fragen, womit du die ganze Zeit schon nicht klarkommst – und jetzt denk ich: Wärst du doch noch in irgendeiner Raststätte! Wär ich doch gar nicht hier angerückt! Ich muss einfach selber gucken, was ich jetzt mache.« Bettina schob sich an Dieter vorbei zur Tür hinaus und polterte, ohne sich noch einmal umzusehen, die Treppe hinunter.

Unter Dieters Achseln bildeten sich kreisrunde Schweißflecken, gleichermaßen links wie rechts.

WIE DURCH ZUFALL war Sabine genau im richtigen Moment von ihrer Neugier in den Mal-Gucken-Bereich getrieben worden und hatte die ganze Szene zwischen Bettina und Dieter mit angesehen.

Aber nicht nur Dieter, sie selbst störte auch etwas an der Situation, wie sie sich da unten gerade darstellte. Sie war gerührt, zu sehen, wie sehr Bettina sie vermissen musste – obwohl, das durfte man doch auch erwarten von jemandem, der zu Lebzeiten eine enge Kollegin und Freundin gewesen war! Nun gut, es war jedenfalls schön, noch einmal Einblick darin zu gewinnen, was die Hinterbliebenen mit dem Verlust so machten. Und nun sah es so aus, dass Bettina ihrem Schmerz auf die Art begegnete, dass sie selbst Nachforschungen anzustellen begann. Und für Sabine stellte sich plötzlich die Frage, ob sie selbst überhaupt wollte, dass man Dieter für den Mord an ihr belangte. Den Mord an ihr … Huh, Mord! Aber so war es nun mal. Mord, völlig korrekt. Ganz schön aufregend. Mord, auweia.

Sie fühlte sich himmelseits so rundum wohl, dass sie schon lange nicht mehr präsent gehabt hatte, wie sie letztlich hier hingekommen war. Und nun stand auf einmal die Überlegung im Raum, ob sie überhaupt Wiedergutmachung wollte, indem man Dieter dafür zur Verantwortung zog. Konnte sie da jetzt eigentlich noch einmal irgendwie eingreifen? Die Dinge vom Himmel aus in die eine oder andere Richtung beeinflussen? So eine Ratten-Idee wie letztens, das war ja eher eine Spaß-Geschichte. Was hatte sie überhaupt für Möglichkeiten hier oben? Sie verließ den Mal-Gucken-Bereich grübelnd Richtung, tja, wohin jetzt? Nach kurzem Überlegen klingelte sie bei Hilde. Die machte aber nicht auf. Ach, klar, Donnerstag, Fußpflegetag! Der Termin war Hilde heilig, danach machte sie immer noch ausführliche Saunagänge, vor heute Abend kam die nicht zurück. Konnte Sabine nur hoffen, dass sie bei Jesus mehr Glück hatte. Sie spürte nämlich, dass ihre Fragen keinen Aufschub duldeten, sie waren äußerst drängend. Und Jens war nach den ursprünglichen Anstrengungen ihrerseits und den unangestrengten Reaktionen seinerseits nicht mehr so in ihrem Fokus. Blieb also nur Jesus, bis sich ihr hiesiger Freundeskreis auf Ballsaalumfang ausgedehnt hätte.

Vor seiner Tür angekommen, trat sie von einem Fuß auf den anderen. Richtig hibbelig war sie. Vielleicht sollte sie einfach diesen blöden Mal-Gucken-Bereich gar nicht mehr betreten? Sie hatte sich vorher gar keine Gedanken darüber gemacht, was eigentlich passierte, wenn man Dinge mitbekam, die man lieber gar nicht erfahren hätte. Tja, nun war es so, sie war Zeugin geworden, dass in Düsseldorf einige Aufregung anstand, hatte sich leider daran angesteckt und hoffte nun sehr, dass ihr Jesus für solche Fälle eine beruhigende Antwort geben konnte.

Schwungvoll ging die Tür vor ihr auf.

»Sabine! Sei gegrüßet!« Jesus war zwar ein sehr heutiger Typ, aber manchmal verfiel er doch in die etwas altbackene Sprache seiner Zeit.

»Hi, Jesus. Du, ich werde die ganze Zeit ein paar Rätselfragen in meinem Kopf nicht los, ich will dich nicht nerven, entschuldige, ich dachte einfach, dass du mir da weiterhelfen könntest?«

»Entschuldige dich doch nicht jedes Mal, wenn du bei mir klingelst. Wenn bei mir jemand vor der Tür steht, geh ich immer erst mal davon aus, dass derjenige aus gutem Grund zu mir kommt. Außer bei einem Kidnapping, hatte ich aber noch nicht, den Fall. Also, komm rein. Ich hab allerdings gerade Besuch von zwei ganz lieben Freunden, wenn dich das nicht stört, hereinspaziert!«

Sabine betrat den Riesenflur des vizegöttlichen Domizils

und konnte durch den Spalt der angelehnten Wohnzimmertür Jesus' Gäste auf dem Sofa sitzen sehen. Augenblicklich Sauerstoffmangel! Auf dem Sofa saßen … da saßen … – dass sie die mal kennenlernte! – auf dem Sofa … »Nun geh schon rein, mein Flur ist zwar schön, aber ich sitz mit Gästen doch gern im Zimmer!«, scherzte Jesus und schob sie vor sich her.

»Das sind …«

»Ich weiß, ähä, hallo, äh, John, 'n Abend, Marilyn! Ich bin Sabine. Sabine Becher.«

John! F.! Kennedy!!! STAND! AUF! Und reichte Sabine die Hand. »Hey, Sbiiien, nice t'meet ya!« Marilyn strahlte sie an, ploppte eine Blase mit ihrem Chewinggum und ergriff ebenfalls ihre Hand.

Oh Mann, sie stand vor John F. Kennedy und Marilyn Monroe! Das war der Jackpot! Auch thematisch! Mit wem sollte sie besser über Rachlust-wegen-ermordet-Werden sprechen als mit Jesus selbst und mit Kennedy! Und die Selbstmord-Vertreterin Frau Monroe konnte sie dann auch gleich fragen, auf wen man in diesem Falle denn am meisten sauer war. Auf sich selbst? Oder vielleicht auf die Leute, die einem immer übel mitgespielt hatten?

Und tatsächlich, es entspann sich ein angeregtes Gespräch zwischen ihnen, alle Teilnehmer fanden die Thematik groß, und wie John (sie durfte ihn duzen, yeah!!!) es beschrieb, eine stetige Herausforderung, die man nie ganz überwinden würde. Er hatte es sich angewöhnt, für den Fall, dass er seinem Mörder wieder mal das Schicksal wünschte, auf irgendeinem Dachboden zu baumeln, sofort den nächsten Spiegel aufzusuchen und dann mit einem »Pfui!« über sich selbst heftig den Kopf zu schütteln. Damit bekam er dann seine Racheschübe, wie er sagte, immer wieder ganz gut in den Griff. Für ihn als Amerikaner, die ja gerne mal jemandem mit ihren Knarren aus dem Wohnzimmerschrank ein Loch irgendwohin ballerten, war das eine große Leistung. Er war zwar zu Lebzeiten als Anhänger der Gewaltlosigkeit bekannt gewesen, aber er räumte im Verlauf des Gesprächs ein, dass, wenn man aus so einer alten Todesstrafen-Kultur stammte, man doch immer wieder anfällig war für Bumm-Bumm-und-weg. Jesus vertrat zur Frage, ob man sich, nachdem alles nun mal so gekommen war, wie es war, von oben noch mal einschalten sollte, die Meinung, dass man den Dingen ihren Lauf lassen sollte. Das müsse man lernen, er selbst hätte dem Judas lange Zeit die Pest an den Hals gewünscht. Marilyn, die definitiv wieder was mit John am Laufen hatte, das sah ein Blinder mit und ohne Krückstock, erzählte, dass es ihr nach all der Zeit völlig egal geworden sei, ob sie es nun selber gewesen war oder wer streng genommen ihren Tod verschuldet hatte.

Alle Aussagen bestätigten Sabine darin, Dieter für ihren Tod jetzt gar nicht mehr bluten sehen zu wollen. Ob das nun mit ihrem allgemeinen Desinteresse an Dieter, das ja schleichend schon viel früher im Zusammenleben eingesetzt hatte, zu tun hatte, oder ob es dadurch motiviert war, dass man, hier oben angekommen, sofort weniger krawallig gestimmt war, konnte sie nicht ganz eindeutig zuordnen.

Irgendwie war man im Himmel so dummdidummfiderallala, sie fand jetzt nicht den passenden Begriff dafür, man war einfach so …

»Du wirst das im Laufe der Zeit immer mehr feststellen, Sabine, man ist hier oben irgendwie immer so dummdidummfiderallala, weißte, ich kann das grad nicht besser ausdrücken, man ist so …, so kommste heut nich, kommste morgen, so irgendwie«, unterbrach Jesus ihre Gedanken, jetzt plötzlich wieder sehr modern, und John nickte heftig dazu.

»Ach, Mensch, dank euch für dieses schöne Gespräch!« Sabine fühlte sich wieder mal genau am richtigen Ort mit den richtigen Menschen. Vielleicht war es das. Noch nie in ihrem Leben hatte sie so eine Zweifellosigkeit empfunden, auf Erden war stets ein »Ja, aber« griffbereit, immer konnte man doch noch mit irgendetwas hadern. Mit dem Wetter, mit dem Essen, mit zu wenig Steckdosen. Und hier? Chill, chill. Man kam gar nicht auf die Idee, dass Entspanntheit irgendetwas mit Langeweile zu tun haben könnte. Irdischerseits war man ja immer schnell bei der Hand damit, dass die aufgeregteren Leute die interessanteren, weil lebendigeren seien, und so Typen wie ihr Dieter, der sich den meisten Aufregungen verweigert hatte, wurden oft belächelt als Langweiler. Wenn der mal hier oben ankommt, der muss gar nicht so viel dazulernen, stellte Sabine fest.

WAS DIETERS aktuelle Stimmungslage anging, war Sabine damit auf dem völlig falschen Dampfer. Dieter erlebte nämlich gerade zum ersten Mal, was schlecht durchschlafene Nächte waren, was innere Unruhe und Getriebenheit. Der Besuch von Bettina hatte ihn vollkommen aufgewühlt, und alles, was er sich nach dem kurzen Durcheinander durch Sabines Tod an Normalität in sein Leben zurückgeholt hatte, drohte nun zu kippen.

Sein zweiwöchiger Urlaub war gerade erst vorbei und lag plötzlich ganz, ganz lange zurück. Völlig gerädert wachte er morgens auf und fragte sich: Was hatte Bettina vor? Er war versucht gewesen, ihr die Wahrheit zu gestehen, als sie da vor ihm mit ihrem Motorradhelm in seiner Diele gestanden hatte, aber etwas hatte ihn gebremst. Er war hin- und hergerissen gewesen zwischen dem Wunsch nach Erleichterung, wenn er ihr die Wahrheit sagen würde, und der Sorge, dass es dann aber kein Zurück mehr gäbe, dass er dann zwar ein ausgebildeter Taucher, aber dennoch auf dem Weg ins Gefängnis wäre. Denn dass Bettina als Mitwisserin stillhalten würde, das konnte er sich keinesfalls vorstellen. Aber stopp, nicht so schnell! Wäre Bettina denn tatsächlich so gefährlich? Angenommen, sie würde ihn daraufhin bei der Polizei anzeigen, mit dem Versuch war er doch selbst am selben Ort schon gescheitert! Würde der Pelzer nicht auch Bettina wieder nach Hause schicken mit der Begründung … tja, mit welcher Begründung? Bettina hätte ja nicht das psychologische Motiv für ein Geständnis, wie Pelzer es ihm, Dieter, unterstellt hatte. Seit dem Mord war eine Menge Zeit vergangen. Wenn Bettina ihn nun aber schlüssig als den

Täter vorstellte, wäre der Kommissar vielleicht dann bereit, seine eigene Version infrage zu stellen?

Das bedeutete doch nur eins: er selbst musste wieder den Weg zur Polizei antreten und denen dort mitteilen, dass er sich bedroht fühlte von einer ehemaligen Kollegin Sabines, die herumlief und ihn der Tat bezichtigte. Super Idee. Dieter entspannte sich kurz.

Oder wäre es der richtigere Schritt, sich Bettina zu offenbaren, die dann wie erwartet zur Polizei ginge, der wiederum die Geschichte durch ihn selbst ja schon bekannt wäre und der das dann doch auch nicht verwunderlich vorkäme, wenn er auch Bettina eingeweiht hätte, weswegen ihr Versuch der Aufklärung dann als Sturm im Wasserglas enden würde?

Hä?! Jetzt hatten sich seine Gedanken wieder in irgendeiner Kopfecke festgehudelt. Lieber mal was Einfacheres gedacht:

Wann verjährte eigentlich ein Mord? Jetzt noch nicht, oder?

Das Telefon klingelte. Mitten in seine Überlegungen. Das war mal wieder typisch Telefon. Wenn man drauf wartete, rührte es sich nicht, war man aber gerade nicht zu sprechen, lärmte es in die Gedanken hinein.

Ach so, was hatten wir denn heute für einen Tag? Schon wieder Mittwoch? Und war es auch schon wieder 19.45 Uhr? Ja dann: Telefontermin mit seiner Mutter, die sich zu seinem Leidwesen seit dem Verlust von Sabine jeden Mittwoch pünktlich zur selben Zeit um ihn kümmerte.

»Na, mein Junge? Alles in Ordnung? Wie klingst du denn? Ist was mit dir? Du klingst so, ich weiß nicht, du hast doch was! Dieter? Sag's mir, was ist los, irgendwas ist los! Das spür ich doch, ich hab dich schließlich geboren, ich wusste immer, wenn mit dir was nicht stimmte! Hast du Ärger auf der Arbeit? Ist es Sabine? Ja, ne? Sabine ist es, ach mein Junge, wie gerne würde ich dir die Sabine zurückbr …«

»MAMAAA!!!! KANNST DU MICH HÖREN?«

»Huh, Mensch, Junge, schrei mich doch nicht so an! Ich hab vielleicht jetzt 'n Schrecken gekriegt! Was ist denn?!«

»Danke für dein Mitgefühl, Mama, aber es ist nichts, wirklich. Ich hab im Moment etwas mehr Stress wegen eines Buches, das nicht so läuft, wie es soll, aber das isses auch schon.«

»Jaja, mein Junge, erzähl das deinem Vater, der glaubt dir das, der merkt ja auch sonst nix, aber ich weiß genau, da ist was. Na ja. Vielleicht weißt du's ja selbst noch nicht, das kann natürlich sein. Wie oft hab ich schon vor dir gewusst, mein Sohn hat Kummer, der braucht mich jetzt.«

»Das wird es sein, Mama, das wird's bestimmt sein! Mir geht's jetzt auch schon wieder viel besser, danke, und wenn ich genauer weiß, was du meinst, dann ruf ich dich an, Mama, ruf du nicht an, ich ruf dich an, hörst du! Und da krieg ich auch grad einen Anruf vom Verlag auf der anderen Leitung, ich meld mich wieder bei dir. Tschö, Mama, tschö, ja, tschötschö, ja, tschüss, Mama, bis nächste Woche, jaja, tschüüüüss!«

Warum hatte er eigentlich nicht seine Mutter umgebracht? Das war halt das Blöde am Affekt, bei nochmaligem Hinsehen würde man sich manchmal eher für jemand anderen entscheiden als im Moment der schlecht überlegten Tat. Aber gelöst hätte das ja auch nichts, dann hätte er seinen Vater wahrscheinlich ständig hier auf dem Sofa sitzen, der nicht wüsste, von wem er sich jetzt sein Leben erklären lassen sollte, und alle anderen Begleiterscheinungen wie nach Sabines Tod wären dieselben.

Gut, er hätte Bettina nicht im Nacken sitzen, dafür aber mit Sicherheit Vera, eine exaltierte Freundin seiner Mutter mit ausgeprägtem Alterungsproblem. Hellblond, abgesaugt, aufgespritzt, durchtrainiert, sauniert, gebräunt, im Sommer nordic durchwalkt, im Winter durchgehend beskischuht und ganzjährig voll mit Prosecco. Dann doch lieber Bettina. Er musste jetzt nur über das richtige Vorgehen entscheiden, das war wichtig. Und mal wieder ein bisschen cooler im Kopf werden. Es war doch klar, dass er mit Sabines Art zu sterben immer mal wieder konfrontiert werden würde. Er hätte es sich natürlich anders gewünscht, aber das Leben war ja nun mal kein Wunschkonzert, wie die Mottenkiste der Lebensweisheiten schon früher offenbart hatte. Er durfte nicht so schreckhaft sein, das war er doch früher auch nicht gewesen. Zu seinen großen Qualitäten hatte doch immer gehört, dass er sich in aufgeregten Zeiten oft als Einziger nicht aus der Ruhe bringen ließ. Und dass man ihm nie anmerkte, wie sehr ihn etwas aus der Bahn warf, wenn ihn etwas aus der Bahn warf. Eine einzige Erinnerung hatte er an einen derartigen Zustand, und das war, als er als Elfjähriger erfahren musste, dass Pippi Langstrumpf von Jungen gar nicht gelesen wurde. Da hatte er bereits all ihre Abenteuer verschlungen. Das war hart gewesen. Aber Vergleichbares hatte er seitdem nicht mehr erlebt. Dann würde er doch wohl mit ein bisschen Nachdenken auch für die jetzige Situation eine Lösung finden, bei der kein anderer sein Herz klopfen hörte!

DIESE WOCHE war Sabine dran mit dem Anmischen von neuer blauer Farbe. Es ging auf den Oktober zu, und das Blau musste nun angereichert werden mit einem etwas höheren Grauanteil. Noch einmal ganz neu mit der Farbenlehre zu tun zu bekommen nach dem missglückten Kunstunterricht bei Frau Grewe fand Sabine lustig. Mansch, mansch, immer schön rein mit den Pfoten in die Pötte. Bei der Auswahl der Farbe musste natürlich dringend darauf geachtet werden, dass sie nicht abwaschbar war. Das würde noch interessant werden heute Abend unter der Dusche! Mit Wasserfarben konnte man zwar einen wunderschönen Blauton erreichen, aber die durften natürlich nicht verwendet werden, weil es dann ja den Leuten blau auf die Haare regnen würde. Wahnsinn, über so was machte man sich ja keine Gedanken, wenn man auf Erden durch den Regen lief!

Mit Sabine waren noch Jassir Arafat, Heinrich Böll, Bettino Craxi, Carl Barks, Prinz Bernhard der Niederlande, Marlon Brando, Rainer Barzel und Agatha Christie in derselben Namensgruppe. Böll, diese rheinische Frohnatur, hatte für alle einen schönen Blue Curaçao gemixt: »Damit wir auch wissen, was Blau genau heißt. Jetzt machen wir's uns erst mal nett hier!«

»Prost!«

»Prost!«

»Prost!«

Alle nahmen einen ordentlichen Schluck und gingen dann albern an die Farbtöpfe. Jeder manschte so eine Weile vor sich hin, da fiel Sabine auf, dass der Bernie aus Holland anscheinend nicht dran dachte, sich an der Gruppenarbeit zu beteiligen. Der saß da und ließ sich alles, Pinsel, Pott und andere Utensilien, schön vom Brando anschleppen. Und der rührte sich da auf prinzliche Ansage ein Wölfchen. Der Brando, der alte Macho, als Dienstmädchen von einem adeligen Käsefresser!

»He, Marlon, ich komm grad nicht an das Graugrün dran, wärste mal so lieb?«, versuchte Sabine, den Servicewillen von Herrn Brando für sich zu nutzen.

»Seh ich so aus wie'n schwuler Töpfchenschlepper? Beweg dein' Arsch selber, Lady!« Ah, da war er, der alte Rüpel, so kannte man ihn. Wahrscheinlich hatte er extra dafür Deutsch gelernt.

»Ey, Marlon, dasch find is echt nis schchön, wasch du da schagscht zu het lecker Meisje, und wasch isch denn dabei, de Dame äin kläinesch bischje Grrün ßu bringe? Kannscht du denn wisssen, ob het niet vieeleäich mal ein klein Prinzessche chewese isch?«, niederländschte Bernie dazwischen.

Zähneknirschend schob sich Mr. Brando von seinem Platz zum Wunschfarbtopf von Sabine und stellte ihn vor sie hin. Das gab es doch nicht: Der Marlon Brando war ein Krönchen-Fetischist! Der Typ, der zeitlebens den privaten Kotzbrocken gegeben hatte, gab Pfötchen bei einem Ex-Prinzen!

Währenddessen saß Herr Barzel da mit der Hand auf Mrs. Christies Knie, die lauthals sang: Non, je ne regrette rien!

Mann oh Mann, das ging aber ab hier! So erklärte sich jetzt auch die hohe Fehlerquote bei den Wettervorhersagen, weil die Zuständigen für Wolken und Blau sich da oben nach kurzer Zeit stets wie von der Leine gelassen aufführten.

Sabine guckte sich um und verfluchte ihren Nachnamen. Sie war definitiv in der falschen Namensgruppe gelandet. Nicht ein einziger Leckerbissen für sie dabei! Warum hieß sie nicht Decher, dann säße sie hundertprozentig auf Johnny Depps Schoß. Gut, das würde noch eine Weile dauern, aber auf den würde sie warten, und einmal hier oben angekommen, käme der ja auch irgendwann in dieser Malgruppe an, und DANN SÄSSE

SIE HUNDERTPROZENTIG AUF JOHNNY DEPPS SCHOSS!!! Punkt.

Nix Punkt, säße sie nicht, sie hieß ja nicht Decher.

Jetzt nicht schlecht draufkommen, Sabine, das wäre zu schade! Dafür ist der Böll auch ein zu guter Typ, das wär nicht korrekt, nur, weil der so nach kalter Zigarette stinkt und die Nase voller Haare hat, sich mit dem keine schöne Zeit zu machen. Muss doch nicht immer sexuell sein! … nee, MUSS natürlich nicht, du Klugscheißergedanke, aber irgendwann sollte der Hormonspiegel schon noch mal in Bewegung geraten. Das wollte einfach nicht klappen hier oben!

»Wer hät dir dann innet Bier jespuck, lecker Mädsche?!«, stand prompt der Heinrich neben ihr. »Do sühs jo uss wie drei Daach Rejenwetter!«

(Wer hat dir denn in das Bier gespien, wohlschmeckendes Mädchen?! Du siehst ja aus wie drei Tage Regenwetter!)

»Ach, hab ich gar nicht gemerkt. Wenn ich nachdenke, dann guck ich immer so finster, das hab ich schon oft gehört. Wahrscheinlich ist das für mein Hirn so anstrengend, dass sich mein ganzes Gesicht zusammenzieht. Ich sollte weniger grübeln, aber mein Kopf ist so daran gewöhnt, ich wüsste gar nicht, wie ich das einstellen sollte. Wie machst du das denn, zum Beispiel, wenn grade alles ruhig ist, keiner spricht mit dir, keine Musik läuft, kein nix, kein gar nix. Denkst du dann nichts?«

»Nee, eigentlich gab es das bei mir auch nie. Den Versuch, nichts zu denken, den gab es schon, aber irgendwas kam dabei dann doch immer wieder heraus. Ich kann mich noch gut daran erinnern, als ich damals in meiner Küche saß und ein ganz frisches duftendes Brötchen aß, nur mit Butter, und auf einmal hatte ich *Das Brot der frühen Jahre* geschrieben, das muss einfach von diesem Brötchenduft ausgelöst worden sein.« Spielend hatte Herr Böll ins hochdeutsche Fach gewechselt.

»Siehste«, antwortete Sabine, »du hast aus deinen Überlegereien wenigstens noch was rausgeholt, deine Bücher haben sich doch auch immer ganz gut verkauft, oder? Ich steh nur so rum und hol mir Falten beim Denken.«

»In der Badewanne, da musst du mal üben. Da kann man gut anfangen, finde ich. In der Wanne lieg ich zum Beispiel oft und denk immer nur Wasser, Wasser, Wasser. Sonst nichts.«

»Ja, oder man könnte auch in der Zeitung blättern und einfach mal nur denken: Buchstaben, Buchstaben, Buchstaben, ne?«

»Jooo ... das geht natürlich auch ...«

»Ach, Mensch, Heinrich, ich bin direkt besser drauf, wenn ich mit dir zusammenstehe. Darf ich dich auch mal einfach so besuchen? So schnell geht das ja mit Freundschaften nicht, wenn man irgendwo ganz neu dazukommt.«

»Sischer, Mädsche, wenn do ding Zick mit esu nem aale Beuz kapottschlare mööts, dann donn dat. Kanns kumme, wann de wills. Isch han uch immer e lecker Dröppsche do. Jestern han isch mir met demm Adenauer eine jetupp un övver Kölle un sing Bausünde jeschwaadt, dat hät och jedauert, da musste jo en de Fuffzier aanfange un dann jeiht dat jo bes hück, dat es jo einijes!« (»Sicher, Mädchen, wenn du deine Zeit mit so einem betagten Herrn entzweihauen möchtest, dann tu dies. Kannst kommen, wann es dir beliebt. Ich habe auch immer einen hochwertigen Tropfen vorrätig. Gestern habe ich mit Altkanzler Adenauer das ein oder andere alkoholische Getränk zu mir genommen und über Köln und seine Bausünden gesprochen, das hat einige Zeit in Anspruch genommen, der Beginn der Bausündenzeit liegt ja in den Fünfzigerjahren und setzt sich vielerorts bis heute fort.«) Allzu lang wollte Herr Böll, so schien es, sich nicht außerhalb seines Heimatidioms bewegen.

Sabine fiel Böll herzlich um den Hals, woraufhin seine Kappe flöten ging, sie war einfach so dankbar, jemanden wie einen neuen Papa gefunden zu haben. Ihrer daheim war immer nur Doktor der Völkerkunde gewesen und somit eher unnahbar. Solange ihr Vater als männlicher Maßstab diente, hatte sie gelernt, dass ein Intellektueller, der viel hinter Büchern verschwand, sich nicht gern von so profanen Dingen stören ließ wie der ersten Menstruation oder Schneeweißchen und Rosenrot in der Schulaula. Ihr Vater hatte immer nur irgendwelche Literaturpreisträger zitiert oder selbst am Schreibtisch gesessen, um Aufsätze zu verfassen, die sich mit dem Wandel des kulturellen Kontextes in Bezug auf größere oder kleinere Gemeinwesen beschäftigten, gern am Beispiel Amerika/Andorra. Und nun stand sie hier bei Heinrich Böll, einem herzlichen, unintellektuellen Schriftsteller, der in der Badewanne an Wasser dachte und sonst nichts.

Konnte ein Kölner eigentlich ein Intellektueller sein? Oder anders gefragt: Welcher deutsche Schriftsteller kriegte es hin, Bücher von Belang zu verfassen, ohne den Ehrgeiz zu besitzen, als ein unheimlich tabubrechender Peter Handke in die Geschichte einzugehen?

Hach, sie freute sich auf ihren ersten Besuch bei Heinrich, bestimmt zwischen zig Büchern, raschelnden Zeitungen, bei lecker Essen und Trinken, hicks, und dann musste sie auch noch dringend erfahren, was für eine Musik der alte Herr denn so hörte.

EINE FRAGE ließ Dieter einfach nicht mehr los: Wieso wachte er nun schon zum dritten Mal morgens auf und hatte dezidiert geträumt, wie er seine Mutter aus dem aktiven Leben hinein in ein passiveres … kurz: Er brachte ständig seine Mutter um! Seitdem sie die regelmäßigen Telefonate eingeführt hatte, fragte er sich oft, wie viel entspannter sein Leben verlaufen würde, wenn er seine Mutter schon, also, wenn seine Mutter bereits, er meinte, irgendwann war das ja bei jedem Menschen so, also, dass die Eltern einem vorausgingen. Meistens. Und dieses Gedankenkauderwelsch verarbeitete er anscheinend des Nachts in Träumen mit finalem Ausgang. Für seine Mutter. Wieso hatte sie überhaupt diesen Mittwoch-Telefon-Rapport einrichten können?! Wieso kam sie neuerdings unangemeldet samstags nach ihrem Wochenendeinkauf bei ihm vorbei und ließ ihm immer den Joghurt da, den er schon nicht mochte, seit er zehn war?

Er war ein erfolgreicher Vertriebsleiter eines kleinen, am Buchmarkt stabilen Verlags, er hatte dafür eine komplette Berufsausbildung absolviert, er hatte seit vielen Jahren alle bleibenden Zähne, er ging alleine einkaufen – wieso bestimmte seine Mutter also wieder partiell über seine Lebenszeit? Wieso sorgte er sogar mittlerweile dafür, dass er mittwochs zu Hause erreichbar war, anstatt gerade dann nicht?! Das Mamilein kam ihm ständig zu nah, sie zermalmte ihn bei den wöchentlichen Kontakten regelmäßig mit ihren Tentakeln und behauptete dauernd eine Kenntnis über ihn, die sie dann in wortreichen Beispielen ausführte. Deckten sich ihre Beobachtungen, Erinnerungen, Analysen mit den seinen? Nein. Wollte sie etwas von ihm erfahren, wenn sie ihn mit ihren Fragen löcherte? Nein. Wollte er sich ihr Elaborat immer wieder anhören? Nein. Und warum sorgte er dann nicht dafür, dass zwischen sie beide statt eines Blattes Papier mindestens ein Wohnblock passte?

Ihn beschlich der Eindruck, dass Sabine zu Lebzeiten für ihn eine Art Schutzschild vor den Übergriffen seiner Mutter gewesen war. Das hatte er sich bisher gar nicht klargemacht, aber solange er mit Sabine zusammen gewesen war, schien seine Mutter ihn an sie abgegeben zu haben, und nun wollte sie wieder übernehmen.

Na, das war ja eine zerrüttende Bilanz, die er da zog: ein Leben, in dem die Damen der Schöpfung sich die Männer nach Belieben hin- und herschoben! Und er hatte immer schön stillgehalten, weil er dachte, dann ginge es eher vorüber. Aber Frauen konnten sich da ja so hineinsteigern, wenn sie sich mal die Versorgung eines anderen vorgenommen hatten. Und dann wollte man ihnen ja auch nicht ihren Plan versauen. Die konnten ja auch immer so furchtbar enttäuscht sein. So nachhaltig enttäuscht. Wenn Frauen ihr instinktiv vorhandenes Nachhaltigkeitsprogramm einfach mal nicht nur im persönlichen, sondern darüber hinaus auch im ökologischen Bereich zur Verfügung stellten, gäbe es das ganze Klimaproblem gar nicht. Davon war Dieter überzeugt.

Warum war es denn so schwer, den Damen zu vermitteln, dass sie da ständig in den Vorgärten der Herren herumtrampelten? Und dass man das nicht fortgesetzt wünschte? Bei seinem Vater brauchte er da jetzt gar nicht nachzufragen als Experte, der ja schon vor ihm da gewesen war. Der hatte sich schon sehr früh komplett abgemeldet. Da gab es nichts abzugucken. Beziehungsweise war das leicht nachgemacht: einfach immer Klappe halten. Mehr musste man gar nicht tun. Und sein Magengeschwür von der ständig überlaufenden Galle in Schach halten. Das war es aber auch schon. Der Rest war arbeiten gehen. Überstunden machen. Sich Arbeit mit nach Hause bringen. Ganz schlichtes Konzept. Und klappte eigentlich immer.

Umso überbordender kippte dann die Mutter zu ihrem Sohn hinüber. War man als Gatte die also auch los. Jetzt noch schön stoisch die Ohren zu, und dann hatte man eigentlich wunderbar seine Ruhe.

In diese Richtung war er selbst ja auch schon ansatzweise mit Sabine unterwegs gewesen. Bis eben auf diesen einen Tag im letzten Februar, als er schließlich endgültige Fakten schaffte. Vom Gewohnheitsmuster her gesehen eigentlich eine tolle Sache, er war mal so richtig aus dem gelernten passiven Verhalten ausgebrochen, hatte die Situation mal so richtig aktiv mitgestaltet. Nur, dass man halt hinterher nicht mehr darüber sprechen konnte, wie die Abgrenzung beim anderen angekommen war und was man an dem neuen Verhalten noch optimieren könnte.

Na ja, shit happens. Darüber, ob er sich seine Frau nicht doch noch ein bisschen hätte erhalten sollen, hatte er ja nun schon häufiger nachgedacht. Das war jetzt müßig. Da gab es nichts mehr zu optimieren, aber vielleicht könnte er in der nächsten Zeit an seiner Mutter ein bisschen üben, wie man sich weibliche Penetranz gewaltfrei und nur mit Text vom Leib hielt, und danach noch mal ganz neu auf Brautschau gehen? Ein guter Plan, fand er.

Und heute Abend mal wieder spontan die Kollegen Paul, Heiner und Rolf zu einem Bier einladen. Das hatte er lange vernachlässigt, dabei waren ihre gemeinsamen Abende immer eine schöne Tradition gewesen. Alle Nerverei, die zwangsläufig beim Arbeiten entstand, konnte man mit einem bis fünfzehn »Prost!« wegbrüllen, und dann haute man sich zum Abschied noch mal wie einem Pferd auf den Rücken und tschüss. Das musste er unbedingt wieder neu beleben, allein schon, um seine Versuche, das Leben nicht mehr einfach nur geschehen zu lassen, auch an Männern vorzunehmen. Die Frage für heute Abend war nur, ob er seine Kollegen so spontan zum Kneipengang bewegen konnte. Die wollten ja ihre Frauen nicht enttäuschen.

HILDE HOLTE schon zum dritten Mal diesen rasend guten sardischen Cannonau aus dem Weinregal und füllte die Gläser nach. Heute Abend saßen sie mal wieder schön zu zweit beisammen und erzählten sich aus ihrem Leben. Hilde wusste bereits von Sabines Begegnungen mit Jesus, von ihrer Ernüchterung über Jens, vom Einsatz der Ratte Jeannette, von John und Marilyn, und erzählte Sabine gerade verschiedene Hintergrundgeschichten zu ihren bekanntesten Liedern.

So erfuhr Sabine heute zum Beispiel exklusiv, dass Hilde viel mehr als auf Rosen immer auf Hyazinthen abgefahren war und erst lange Zeit darauf bestanden hatte, dass es für sie weiße Hyazinthen regnen sollte. Bis sie direkt beim ersten Auftritt mit diesem Song so übel von einem der herabfallenden Töpfe zugerichtet worden war, dass sie dann doch eingelenkt hatte und es in Zukunft also rote Rosen regnete. Schnittblumen prallten nicht so hart auf wie Topfpflanzen. Der Symbolik wegen hatte sie sich dem Wunsch des Produzenten folgend auf Rosen einlassen müssen, obwohl sie auch hier zunächst versucht hatte, ihre Vorliebe für Wicken durchzusetzen. Textlich fanden aber bis auf Hilde alle die Wicken schwierig, sodass sie da schließlich nachgab.

Bei dieser Geschichte merkte man Hilde ihren Riesenspaß an der Erinnerung an, sie japste vor Lachen, als sie für Sabine die alten, ersten Aufzeichnungen mit der für sie immer noch schönsten Topfblume der Welt hervorkramte, und sogar unveröffentlichtes Bildmaterial mit nach Rosenabwurf zerschrammten Wangen bekam Sabine zu sehen. Für die Leserschaft der

Boulevardpresse waren diese Fotos natürlich alle bearbeitet worden. Man hatte unmöglich noch einmal die Blumensorte wechseln können, nachdem das Lied eingeschlagen war wie eine Bombe. Und die verschiedenen Regisseure der Shows, in denen sie aufgetreten war, waren einfach alle zu verliebt in ihre jeweils bahnbrechende Idee gewesen, beim letzten Refrain an der Studiodecke die Schleusen zu öffnen. Stereotype Ideen wohnten wahrscheinlich einzelnen Berufsgruppen einfach inne, vermutete Hilde abschließend, so schien der bildliche Rosensegen sämtlichen Show-Regisseuren nahezu zwingend gewesen zu sein, ebenso wie Fotografen Komiker immer wieder aufforderten: »Machen Sie doch mal was Lustiges mit den Händen!« Das hatte sie bei einem gemeinsamen Fototermin mit Heinz Erhardt erlebt und später dann exakt so noch einmal mit Harald Juhnke, der allerdings dann ganz lustig mit seinen Händen dem Fotografen für diese Aufforderung eins auf die Nase gegeben hatte, worauf der Fotograf wiederum sehr humorlos reagiert hatte.

Sabine hatte dabei sofort wieder präsent, mit welchen immer wiederkehrenden Redewendungen man sich im sozialen Bereich bedachte. Teamübergreifend hatte sie ja häufig in Arbeitskreisen und anderswo mit Sozialpädagogen zu tun gehabt, ihre Chefin war auch eine gewesen, und die hatten ja immer gerne alles ein Stück weit … was überhaupt? Ein Stück weit einsehen, ein Stück weit dem anderen recht geben, ein Stück weit enttäuscht sein und überhaupt irgendwie ein ganzes Stück weit. Irgendwie. Du.

Jetzt kicherten Hilde und sie sich so richtig schön ein und gaben sich den Erinnerungen an branchentypische Gespräche hin. Hilde begann mit Produzentendeutsch: »Du Sabine, ich wollt mich mit dir einfach mal unterhalten, ob's nicht was gibt, was wir zusammen machen können. Ich sehe, dass du ein süßes Gesicht hast und darüber hinaus auch eine ganze Portion Talent. Und ich glaube, du weißt, dass ich dich, wenn du willst, ganz groß machen kann. Ich kann allerdings auch Leute ganz klein machen, das liegt auch ein bisschen an dir … (grins).«

»Du, Hilde« (darauf schien man sich in beiden Branchen verständigt zu haben, dass ein Gespräch gut klang, wenn es mit Du und dann dem Namen begann), »ich möchte dir dafür danken, dass Du in den vergangenen 22 Stunden Teamsitzung so konstruktiv dabei warst, das hat mir viel gegeben. In den Fragen, wie wir mit der Teamküche umgehen, bin ich auch absolut bei dir. Ich merk nur, dass ich mich, auch nach der Diskussion hier, absolut unwohl fühle, wenn ihr wollt, dass ich die Kaffeekasse so wie bisher weitermache. Ich fühl mich dabei einfach zu wenig gesehen, sorry.«

Produzent Hilde reicherte das Gespräch ihrerseits an mit: »Hör zu, Mädchen. Du kennst natürlich Robbie Williams, du findest ihn wahrscheinlich auch geil, wie alle Mädels, und dann sag ich dir jetzt mal, dass der ein ganz kleines Licht in Deutschland war, bevor ich mich da mal drum gekümmert habe. Ich hab einen Haufen Kohle für diesen Burschen angefasst, aber ich wusste, dass der mir das locker wieder reinspielt. Verstehst du, was ich damit sagen will? Du stehst vor einer Supernase, und wenn du nicht ganz bescheuert bist, dann lässt du mich mal probeweise eine kleine Tour für dich zusammenstellen, planen, durchziehen, und danach willst du nie mehr mit jemand anderem loslegen, das versprech ich dir, Mädchen. Wir machen uns so dermaßen die Taschen voll, das kannst du mir glauben! Was ich bisher von dir gesehen habe, ist absolut pillepalle, da steckt noch so viel mehr drin, aber das muss man natürlich rausholen können, da muss man die genaue Peilung haben. Wer macht im Moment deine Tour? Der Kolle! Ich lach mich kaputt, der Kolle! Wenn du von dem weggehst, muss der wieder bei Mama essen, so fett ist der im Geschäft, kriegste mit, was ich dir da sage? Finger weg vom Kolle, sonst singst du demnächst nur noch Coverversionen vom Peter Kraus. Mensch, Mädchen, du musst richtig Gas geben, dein Zeitfenster ist nicht grade groß, aber im Moment ist es offen! Und dafür brauchst du den Besten, das sag ich dir aber nur einmal! Mach, was du willst, aber heul mir nicht die Ohren voll, wenn du demnächst als Bund Möhrchen Supermärkte eröffnest!«

»Du Hilde, ich merk da bei mir so ein Herzklopfen, das mir ganz klar sagt, Finger weg von solchen Gesprächen!«, konnte Sabine gerade noch sagen, dann schlug sie peinlich berührt die Hände vor den Mund. »Auweia, so hab ich im Team wirklich manchmal gesprochen, Hilde, sag mal, muss man dafür erst sterben, um das zu merken?«

»Na ja, Kleene, wenn wir hier oben nicht wenigstens ein paar Erkenntnisse hätten, die sich da unten nicht durchsetzen, würden wir ja den Himmel lediglich daran erkennen, dass wir hier auf mehr Quadratmetern wohnen.«

Mit diesen Worten verabschiedete sich Hilde erst mal auf die Toilette, denn Rotwein, in gewissen Mengen verabreicht, treibt doch ganz schön.

DIETER VERLIESS die Umkleidekabine des Hallenbades in der Kettwiger Straße. Auf die folgende Stunde Auszeit freute er sich mächtig. Einfach wieder in das Element Wasser eintauchen, das ihn seit Oberöwisheim immer so entspannte, einfach noch mal in aller Ruhe schnorcheln. Natürlich war das hier nicht dasselbe Erlebnis wie überall dort, wo man an wunderschönen Korallen entlangschwamm oder Fische in ihrer ganzen Farbenpracht beobachten konnte, aber wohin in einem Herbstmonat, wenn du gerade mal eine Stunde am Tag freigeschaufelt hast und danach wieder am Schreibtisch sitzen und über nordrhein-westfälische Vertriebskonzepte für Reiseführer grübeln musst? Da bist du doch froh, wenn du ohne großen Aufwand den Schnorchel anlegen kannst und rein ins Vergnügen.

So ließ er sich jetzt ins wohltemperierte Nass gleiten und tauchte beglückt ab, bis man von ihm nur noch die herausragende gelbe Atemhilfe sehen konnte. Über die Eintönigkeit der türkisen Kacheln, die ihn umgaben, setzte er sich spielend hinweg, kam er doch dafür in den Genuss, unbegrenzt, na ja beinahe, abzutauchen, mit Haut und Haar. Da wurde seine Beglückung auch schon abrupt beendet. Jemand hatte sich den Spaß erlaubt, den Schnorchel unsanft zu ergreifen und von oben zuzuhalten. Japsend und wütend tauchte Dieter wieder auf. Vor ihm ein schätzungsweise 16-jähriger Jugendlicher, der sich bog vor Lachen. Wenigstens der hatte Spaß.

»Oh, sorry!«, sagte der jetzt, jaulend vor Vergnügen, »ich wollte meinem Kumpel nur mal zeigen, was da an diesem Plastikteil unten dran hängt.« Sprach's und gab Dieter den Blick frei auf den nächsten Kandidaten, der sich über ihn anscheinend nicht mehr einkriegen wollte. Diese zwei hatten jedenfalls das Amüsement des Tages in ihm gefunden.

»Uaaah, ein Hai! Jetzt seh ich ihn auch! HILFE!!«, schrie der eine dieses Komikerduos. Woraufhin der andere durch das ganze Schwimmbad brüllte: »Wo?! WO?! WOOO?!?! Oh mein Gott! Ein HAAAII!! DA!!!!!«

Dieter befand sich nun inmitten des großen Schwimmbeckens, den Schnorchel samt Brille auf dem Kopf, die er in seiner Überraschung bisher noch nicht abgesetzt hatte, und im Fokus aller Anwesenden, die sich heute Nachmittag mal Zeit genommen hatten, eine Runde schwimmen zu gehen, und sich freuten, dass sie nicht erst morgen gingen. Oder gestern schon waren.

Mit Jugendlichen musst du höllisch aufpassen, jagte es Dieter durch den Kopf. Die hier sind doch genau in dem schlimmen Alter! Die laufen ja auch mal so mir nichts dir nichts Amok, wenn sie nicht kriegen, was sie wollen! Aber was wollten diese beiden denn nun von ihm?

»Was wollt ihr beiden denn nun von mir?«, entschloss er sich zu fragen.

»Tja, Leon, was wollen wir denn von dem?«, japste jetzt kichernd der eine den anderen an. Mittlerweile standen also ein Leon und ein anderer direkt vor ihm und schienen einfach nur einen Höllenspaß zu haben. Noch. Ein falsches Wort von Dieter, das kannte man ja, und zack, wäre seine gesamte Familie ausgelöscht. Jugendliche halt. Das machten die mal eben auf dem Weg zur Eisdiele. Schrieben die Zeitungen ja immer.

»Och. Tja, was wollen wir von Ihnen?«, wandte sich jetzt dieser Nicht-Leon direkt an Dieter. Dann wieder an seinen Freund: »Sollen wir ihn mal fragen, ob wir vielleicht ein bisschen unten um seine Beine schwimmen sollen, dann hat er was zu sehen?« Diese Idee brachte die beiden nun beinahe um vor Lachen, sie ließen sich gemeinsam nach hinten fallen und schwammen zum Beckenrand.

So viel war also davon zu halten, wenn der Tauchlehrer einer

Gruppenreise einem zum Schluss mit auf den Weg gab: »Egal, wo ihr seid, es gibt immer eine Möglichkeit, sich zwischendurch mal so richtig auszuklinken, und nichts ist effektiver für den täglichen kleinen Kurzurlaub als Wasser, Wasser, Wasser!«

Er war auf der Hinfahrt ins Kettwiger Bad noch skeptisch gewesen, ob man einen Urlaubsgenuss so ohne Weiteres in den Alltag hinübertransportieren könne.

Konnte man nicht.

DIESES JUCKEN am Bauch machte sie noch ganz wahnsinnig.

Immer, wenn auf der Erde das Wetter wechselte, hatte Sabine oben über den Wolken das Problem, dass ihre Obduktionsnarbe sich meldete. Gut, dass sie gerade mit sich allein zu Hause war, da konnte sie sich hemmungslos schubbern.

Jens, den sie dazu auch schon befragt hatte, kannte sich mit Obduktionen und deren Folgen nicht aus, weil seine Todesursache damals ja vollkommen eindeutig gewesen war. Unfall und ab nach oben. Bei ihr verhielt es sich aber etwas anders, und feststand, dass sie sich an manchen Tagen regelrecht kaputtkratzen könnte, so juckte das. Das mussten die Spätfolgen der saumäßigen Arbeit von diesem Dr. Paul Marzahn sein, anders war ihr Zustand gar nicht zu erklären. Was sie und Jens ebenfalls aufs Äußerste wunderte, war, dass sie überhaupt noch mit Nachteilen aus ihrem irdischen Dasein zu kämpfen hatte. Eigentlich waren mit der Ankunft im Himmel alle Probleme beseitigt, mit denen man gerade noch belastet gewesen war, und eine neue Zeitrechnung begann. In Sabines Fall schien das nun anders zu sein. Jens vermutete, dass es daran lag, dass bei einer Obduktion der Zustand des Kandidaten nicht eindeutig zuzuordnen war: Zählte der nun schon zu den Himmelsbewohnern oder gehörte er noch zu den Erdmännchen? – Hohoho! Kleiner Scherz! Den musste Jens aber sofort wieder zurücknehmen, weil Sabine absolut nicht zu Heiterkeit aufgelegt war bei diesem Thema. Ob man das Thema aber nun ernst oder etwas leichter anging, feststand jedenfalls, dass eine zu obduzierende Leiche scheinbar einen Zwischenzustand menschlicher Existenz darstellte und hier demnach keine absolute Klarheit herrschte. Dieser These folgend, verwunderten einen also auch nicht Juckbeschwerden nach schlampiger Arbeit eines Gerichtsmediziners.

Sie hatte sich eh über diesen Grobian beschweren wollen, als sie noch auf dessen Liege lag, das Vorhaben war nur wieder in Vergessenheit geraten, so eingenommen war sie monatelang von der Entdeckung des Himmels gewesen. Inzwischen nutzte sich die fortgesetzte Begeisterung über ihr neues Dasein allerdings etwas ab, der Mensch war einfach, egal an welchem Ort, nicht zu dauerhaftem Glücksempfinden in der Lage. Und so war es eben auch nicht verwunderlich, dass nun Sabines Unpässlichkeiten in den Vordergrund rückten.

Leider hatte sie aber erfahren müssen, dass es im Himmel gar keine Beschwerdestelle gab. So eine Einrichtung passte einfach nicht zum Anspruch und Image eines Himmels, das war Sabine sofort klargeworden, als sie nur kurz daran gedacht hatte, wie Jesus und sein Vater die Dinge handhabten.

Aber wenn ihre Fingernägel wieder den Weg zu der Narbe längs ihres Rumpfes suchten, dann packte sie immer häufiger regelrecht unheiliger Zorn. Man müsste einen Leidensgenossen finden. Wenigstens das. Es konnte doch nicht sein, dass Sabine im ganzen Himmelreich die Einzige war, deren Obduktion nicht folgenlos verlaufen war.

Überhaupt staunte sie immer wieder darüber, dass es im Himmel kein Gefühl gab wie zum Beispiel in Neu-Delhi, dass, wenn man sein Haus verließ, einem da aus der einen Richtung circa eine Milliarde Menschen entgegenkamen und, drehte man sich um, aus der anderen Richtung noch mal so viele. Zu jeder Tages- und Nachtzeit ging es hier recht beschaulich zu, der Platz für jeden Einzelnen war doch ausgesprochen luxuriös. Nachteilig nur, dass, wer wie Sabine Gleichgesinnte beziehungsweise Gleichgebeutelte suchte, sehr konkret ans Werk gehen musste. Man traf nicht einfach täglich zahlreiche andere, die auch gerade bauchkratzend unterwegs waren.

Sie musste unbedingt herausfinden, ob es hier nicht doch

irgendwelche Ballungsräume gab oder ob himmelweit das Bild überall von Landschaften und schönen Wohngegenden wie der ihren geprägt war.

Sabine hatte mittlerweile schon einige Leute kennengelernt, es gab immer wieder Partys, und sehr gerne erinnerte sie sich an die Aktion mit der Ratte Jeannette, als sie mit so vielen ausgelassenen Leuten im Mal-Gucken-Bereich gesessen hatte, aber zu allen Anlässen erfolgten vorher gezielte Einladungen, man musste die anderen bewusst aufsuchen, denn ein beliebiges Aufeinandertreffen gab es hier nicht. Das gehörte bestimmt auch wieder irgendwie zum Konzept.

Tja, und wie kam sie nun an denjenigen, der sich so wie sie ständig die Leibesmitte kratzen musste? Einfach so über den Weg laufen würde er ihr nicht.

Obwohl, das stimmte nicht so ganz. Es gab durchaus Ausnahmen von der Regel. Als sie in der vergangenen Woche auf dem Weg zu Heinrich gewesen war, der sie zu einem Fünf-Liter-Fässchen Kölsch eingeladen hatte, hatte sie sogar Zuflucht in einer Einfahrt suchen müssen, als ihr auf der gegenüberliegenden Straßenseite jemand zu begegnen drohte, dem sie nie wieder begegnen wollte.

Britta Humpe.

Ganz schlechte Kombination. Sabine und Britta Humpe, das hatte noch nie zusammengepasst. Diese leidvolle Bekanntschaft ging auf einen Abend zurück, an den Sabine sich erfolgreich gezwungen hatte, nie mehr zu denken. Bis letzte Woche. Sie waren beide zu Sandras 25. Geburtstag eingeladen gewesen, selbst ebenfalls 25-jährig. Britta schien, ohne Sabines Wissen, sehr mit der Tatsache zu hadern, dass der neue Mann an Sabines Seite Dieter war. Seit ein paar Monaten befanden sie sich im Status der Frischverliebten, was bei Britta ausgesprochen schlecht ankam, da sie sich, nicht ganz zu unrecht, nach einer hoffnungsreichen Nacht mit Dieter unmittelbar zuvor das Recht der Ersteren ausgemalt hatte.

Sabine vermochte die Einzelheiten ihrer unheilvollen Begegnung mit Britta nicht mehr im Detail zu erinnern, was ihr aber als starkes Bild bis heute erhalten geblieben war: wie sie, Sabine, unter der Handtasche von Britta, einer Louis Vuitton, Britta kam aus betuchtem Hause, zu Boden ging. Leider hatte man sie zum damaligen Zeitpunkt mit einem solchen Verhalten augenblicklich aus der Ruhe und auf Einhundertachtzig bringen können. Bei der verbalen, auch schon überflüssigen Auseinandersetzung zuvor noch die Überlegenere, verleitete genau das sie dazu, sich für den weiteren Fortgang etwas falsch einzuschätzen. Was zur Folge hatte, dass sie also nicht nach einem kurzen Innehalten beschloss, besser rückwärts kriechend einen anderen Raum aufzusuchen, um sich dort wieder aufrecht hinzustellen. Nein, leider entschied sie sich in Sekundenschnelle, Britta von dort unten in die Wade zu beißen, nicht bedenkend, dass Britta, als Fechterin in der Bezirksliga, von Kopf bis Fuß durchtrainiert war. So handelte sie sich noch einen Tritt ein und hatte außerdem mit dem Biss in eine Zementwade ihre Zähne empfindlich überstrapaziert, beide Kiefer schmerzten infolgedessen. Zu guter Letzt holte Dieter später eine stark derangierte Sabine von der Party ab und spendete ihr dazu auch noch ein Gelächter, das sie in dieser Ausprägung im Verlauf ihrer langjährigen Beziehung so nicht mehr häufig hören sollte. Es war tatsächlich ganz nah am totalen Respektverlust gewesen damals, Dieter hatte eine Weile gebraucht, die Bilder dieser entwürdigten Sabine aus dem Kopf zu bekommen. Was ihm allerdings weit weniger ausgemacht hatte als ihr.

Im Hier und Jetzt hatte Sabine absolut kein Verlangen nach spätem, reifem, abgeklärtem Umgang mit der Vergangenheit gespürt. Sie war vor Britta einfach in der Einfahrt verschwunden und hatte entschieden, dass man sich auch im Himmel nicht stets und ständig mit allem versöhnen musste, mit Ignorieren kam man doch auch manchmal zum Erfolg.

DIETER BLÄTTERTE SICH 700,– € in die Hand. Daran hatte er überhaupt nicht mehr gedacht. Dass ein Witwer ja noch einen Happen Geld bekam, zum Trost. Die Lebensversicherung hatte ihm irgendwann mal ein Formular zugeschickt, das er, bis auf die Erwähnung seiner Täterschaft, auch gewissenhaft ausgefüllt hatte, und jetzt hatte er einfach ohne großes Tamtam die Überweisung von 700,– € auf dem Konto gehabt. Prima.

Obwohl, stopp! Gar nicht so prima.

Wenn er das Geld behielte, würde er doch regelrecht dazu einladen, sich ihn als potenziellen Mörder Sabines noch einmal anzuschauen. Das sah man doch in Krimis immer wieder: Der Hinterbliebene fand eine hübsche Summe auf seinem Konto – und die Ermittler vor seiner Tür. An dieser Front war es bei ihm jetzt monatelang absolut ruhig gewesen, aber dennoch war es sicherlich ratsam, der Polizei weiterhin keinerlei Anlass zu bieten, die aufklärerische Aufmerksamkeit noch mal auf ihn zu richten.

Schade.

700,– €. Das wäre die Anschaffung eines Teleskops gewesen. Seitdem Paul im Büro nach klaren Nächten immer wieder von seinen Sternbeobachtungen auf dem Dachboden schwärmte, wollte Dieter auch so ein Ding haben. Nun wohnte er zwar nicht unterm Dach und hatte auch keinen Zugang zu einer Dachterrasse, aber 700,–€ …! Vielleicht hätte er ja, wenn er sich mal richtig dahintergeklemmt hätte, noch eine Wohnung mit günstigen teleskopischen Bedingungen gefunden. Dann hätte es ihm allerdings sehr leidgetan um seine schöne, erschwingliche Altbauwohnung in Pempelfort, einem wirklich netten Düsseldorfer Wohngebiet. Dieter bemerkte, wie ihn dieser plötzliche Geldsegen schon zu verändern drohte. Er war nicht mehr derselbe wie noch vor einer halben Stunde. Bevor er zum ersten Mal Überlegungen über ein eigenes Teleskop angestellt hatte, hatte er sich doch nie wirklich eingehend mit Sternenkunde befasst, dachte er kopfschüttelnd, als er von seinem Sofa aufstand, um sich aus der Küche noch einen Schluck Rotwein zu holen. Und jetzt spürte er in sich eine regelrechte Fixierung auf den Erwerb eines Teleskops toben. Es fing an, ihn richtig zu bekümmern, dass er keins hatte. Und bisher war er wirklich prächtig zurechtgekommen, ohne zu Hause durch ein Teleskop zu schauen. Aber wenn es plötzlich so einfach wurde, sich aus eigenen Mitteln ein Gerät zu beschaffen, dann wollte man es auch verdammt noch mal haben! Menschenskinder, so nah war er seinem Ziel noch nie gewesen!

Dieters Zufriedenheit war einem tiefen Groll gewichen, seine innere Ruhe war Vergangenheit. Wegen 700,– €. So konnte er nicht weitermachen. Er musste sich von dieser Geldsumme und den Möglichkeiten, die mit ihr ins Haus geflattert waren, dringend wieder lösen. Jetzt konnte er sich vorstellen, wie schrecklich es sein musste, bei Günther Jauch die Million zu gewinnen.

Konnte man eigentlich irgendwohin spenden, wo die steuerlichen Erleichterungen dann ungefähr die Spendensumme erreichten? Das wäre ja auch noch eine Möglichkeit. Dann würde bei der Kriminalbehörde registriert, dass er sich an der Lebensversicherung seiner Frau gar nicht bereicherte, und der Verlust wäre andererseits nicht ganz so schmerzhaft. Und vielleicht dann doch noch ein Teleskop drin. Was hatte er für ein sorgenfreies Leben gehabt, bevor das Schicksal ihm ein Teleskop wie einem Hund einen Knochen vor die Nase gelegt und sofort wieder weggezogen hatte.

Er würde sich jetzt erst einmal informieren, wie das genau vonstatten ging mit dem Spenden, bevor er innerlich die Flinte ins Korn warf. Danach konnte er das Leben immer noch infam und ungerecht finden.

SABINE FREUTE SICH auf heute Abend.

Bei ihrem wöchentlichen Umtrunk mit Hilde hatte sie eine Freundin von ihr kennengelernt und ins Herz geschlossen, und diese sie wohl auch, denn heute sollte sie zu deren Geburtstagsfest erscheinen.

Brigitte Lauterbach war zu Lebzeiten Hildes Goldschmiedin gewesen, und aus diesem Verhältnis hatte sich im Laufe der Zeit eine krisenfeste Freundschaft zwischen den beiden entwickelt. So richtig mit schlecht über den Mann sprechen und allem. Der plötzliche Tod Brigittes 1984 war damals ein weiterer Schicksalsschlag für Hilde gewesen, und nach ihrer Ankunft im Himmel hatte sie zügig die Vermisstenstelle aufgesucht, die dafür eingerichtet worden war, dass sich Menschen, die auf Erden zusammengehört hatten, auf ihren ausdrücklichen Wunsch hin wiederfanden. Dazu musste der jeweils Gesuchte bei der Vermisstenstelle seine Zustimmung geben, damit niemand plötzlich von jemandem heimgesucht wurde, den er zuvor doch recht gerne verlassen hatte. In Brigittes Fall hatte diese die Mitarbeiter von »Fundstelle international« schon wissen lassen, dass sie beim Eintreffen von Hildegard Knef gerne benachrichtigt werden wollte.

»Hohoho! Eine Nummer kleiner ging's aber nicht, oder?! Die Knef! Einer Petra Meier sagen wir auch Bescheid, da müssen Sie hier gar nicht so auf den Putz hauen! Die Knef …«

Brigitte, sowieso noch gar nicht richtig rund mit ihrem frühzeitigen Ableben, fand die Herrschaften von der Fundstelle damals ganz schön dreist, war aber dann schnell wieder besänftigt, als sie erklärt bekam, wie oft ausgerechnet Hildegard Knef zur sofortigen Kontaktaufnahme genannt wurde. Viele Neuzugänge vertrauten beim Eintreffen doch noch ganz dem Konzept »ich bin ganz dicke mit einem Promi«, wie es sich auf Erden häufig bewährt hatte. Und die Knef hatte einfach generationenweit einen Spitzenruf.

Als das Objekt der Begierde dann endlich persönlich eintraf, verloren die beiden Freundinnen keine Zeit, um wieder da anzuknüpfen, wo sie einander unfreiwillig hatten loslassen müssen.

Allerdings befand sich Brigittes Bungalow in 2000 km Entfernung, was aber, so hatte Sabine gelernt, hier für niemanden ein größeres Problem darstellte.

Hier bestieg man, um solch eine Distanz zu überwinden, einen Super-Hightech-Zug und war zwanzig Minuten später am Ziel. Vor Ort wartete eine Stretch-Limousine, die einen zur gewünschten Adresse brachte.

So war das übrigens mit allen Zielorten im Himmel eingerichtet. Sobald eine Strecke zwanzig Minuten in der Realzeit überschritt, wurde alles, was eben diese zwanzig Minuten überschritt, auf genau diese Dauer zurückgestutzt. Nicht ein Ort im Himmel war vom anderen länger als zwanzig Minuten mit öffentlichen Verkehrsmitteln entfernt. Als Sabine diesbezüglich einmal ungläubig nachgefragt hatte, hatte sie die Antwort erhalten, dass das genau der Zeitraum sei, in dem man schön ein Magazin durchblättern oder ein paar Songs auf dem iPod anhören konnte, sodass man stets entspannt sein Ziel erreichte. Immer wenn man gerade den Gedanken hegte, dass es ja sooo anders im Himmel gar nicht war als auf der Erde, machte man doch wieder eine Erfahrung, die einen das Staunen lehrte. Dieser solarbetriebene Zug, in dem Sabine nun mit Hilde saß, zischte geräuschlos durch die Wolken und ließ einen vergessen, dass Freunde, die 2000 km entfernt lebten, für eine Abendeinladung bisher unerreichbar gewesen waren.

So lernte Sabine dank Brigitte eine völlig andere Gegend kennen. Palmen säumten die Straßen, und überall wuchsen

Früchte an Bäumen und Sträuchern, die man sich unterwegs schmecken lassen konnte. Das Klima war brasilianisch feucht, und Sabine fiel das Atmen schwer.

»Tja, das ist nicht für jeden was hier«, ging Hilde auf ihr Keuchen ein, »aber ich finde es gut, dass sich die Betreiber des Himmels anscheinend Gedanken gemacht haben, für jede Nation und ihre Bewohner die entsprechenden Klimazonen bereitzuhalten.« Brigitte Lauterbach hatte sich für diese regenwaldhaltige Umgebung entschieden, weil sie im Alter von 13 Jahren mit ihren Eltern, die beide im diplomatischen Dienst gewesen waren, für sieben Jahre nach Guatemala gegangen und danach nirgendwo wieder gesundheitlich so gut zurechtgekommen war.

Deshalb, so fiel es Sabine gerade auf, begegnete sie hier oben auch niemandem mit chronischer Nebenhöhlenentzündung; die mit den verstopften Nasen setzten sich alle hübsch in diesen Turbo-Zug und liefen dann mal eben jeden Tag ein Stündchen am Meer entlang.

Bei Brigitte angekommen, öffnete ihnen eine freundliche Hausangestellte und geleitete sie zur äußerst erfreuten Gastgeberin.

»Ah, Sabine!«, rief diese und zwinkerte dabei Hilde zu, »ich muss dir gleich jemanden vorstellen, ich glaube, ihr seid was füreinander!« Brigitte nahm Sabine an die Hand, zog sie von der ebenfalls zwinkernden Hilde weg und in die Gästegruppe hinein, die mit Champagnergläsern im riesigen Wohnzimmer stand. Dort baute sie sich mit der verdutzten Sabine vor einem äußerst attraktiven Herrn auf und – DAS WAR JA PATRICK SWAYZE!!!! Sie stand tatsächlich vor Patrick Swayze!

»Pat, this is Sabine. She's Hilde's friend and mine as well! Right, Sabine?«, strahlte Brigitte Sabine an, und schon schüttelte diese ihrem Tanzidol Mr. Swayze die Hand.

»Hi!«, hüstel. Wie ging jetzt noch mal Englisch? Mit hochrotem Kopf kramte Sabine in demselben nach brauchbarer Konversation.

»Äähm, I, ähm, I am Sabine, hello!« Das hatte Brigitte ihm

doch gerade schon gesagt, wie bescheuert war das denn jetzt?!

»Hey, nice to meet you, sweetheart!«, antwortete Patrick mit einem Blick, der vermuten ließ, dass ihm gefiel, wen er da sah. »Where are you from, Sbien? How are you?«

Der war ja echt nett! Drehte sich nicht weg, sondern gab Startzeichen für ein Gespräch. Gut, sie würde antworten. Gut. Also. Ja. Sie würde antworten. ... Patrick schaute sie nun schon eine ganze Weile abwartend an. Noch ganz freundlich.

»I am from Germany and I feel very well.« Geil. Der würde sich auf jeden Fall nie wieder mit jemand anderem unterhalten wollen.

Jetzt hörte sie sich auch noch wie nach einem Schlag auf den Kopf lachen und sagen: »And you?« Spitzenfrage!

»Well, I'm not exactly sure what you want to hear, but I feel great here in heaven. My last months on earth were really rough. I felt weak and depressed, even though I had a wonderful and supporting wife on my side. But as soon as I arrived in heaven all of life's troubles and trials were instantly forgotten, all wounds were healed. Was it like that for you too?«

Was?

Seit weak hatte sie nicht mehr zugehört. Es war zum Irrewerden. So war es in jedem Sprachunterricht gewesen. Sie war bei der ersten fremden Vokabel augenblicklich derart unter Druck, dass sie stets zu Beginn eines Gespräches auch schon aus der Kurve flog. Es wäre doch für die Erfinder des Himmels, die andererseits so viel möglich machten, ein Leichtes gewesen, einzurichten, dass hier jeder in seiner Muttersprache reden und vom anderen verstanden werden konnte! Wieso gab es das denn nicht? Jesus konnte doch auch in allen Sprachen Konversation betreiben, aber vielleicht war das auch schon der Grund: dass nur ihm dieser Luxus zuteilwurde, damit er zumindest in diesem Bereich eine Alleinstellung hatte, ansonsten war er ja dem Normalo sehr ähnlich. Allerdings musste er so dann auch manchmal Übersetzertätigkeiten übernehmen, wie im Falle ihrer Begegnung mit John und Marilyn.

So. Wenn Patrick sie nicht für vollkommen blöd halten sollte, musste sie jetzt augenblicklich die Flucht nach vorn antreten. Der stand geduldig vor ihr und schien immer noch empfangsbereit. Sie musste ja irre gut aussehen heute.

Oder war er vielleicht ein bisschen schlicht? Oder nur superhöflich? Wahrscheinlich Letzteres. So grob und uncharmant wie die Deutschen war international so schnell kein anderes Volk. Die Niederländer vielleicht noch. Die spuckten einem auch gern mal in den Kaffee. Aber die Amerikaner waren ein freundliches Volk. Immer ein Lächeln, freundlicher Blickkontakt, immer einen Scherz zum Auflockern. Schrecklich.

Sie sollte lieber einen Niederländer oder Belgier kennenlernen, irgendeinen Flamen, die waren nicht so klebrig süß. Die hatten auch Humor, aber die würden einem niemals die Tür aufhalten. Furchtbar.

»Okay, I'll see you later«, riss Patrick sie aus ihren Gedanken. »Have a nice time here, Sbien.« Und ging von dannen. Mit einem strahlenden Lächeln. Vielleicht war der auch nur Buddhist. Genau! Einen flämischen Buddhisten musste sie mal treffen. Aber gab es das? Waren das nicht alles Protestanten? Ach du liebe Güte, dann waren die auch noch alle geizig. Nein, nein, jetzt musste sie sich mal bremsen und bei den Fakten bleiben. Dieter war auch evangelisch gewesen, falsch, den Satz muss ich anders beginnen, dachte Sabine, ich bin ja war und er ist noch ist. Also, Dieter ist auch evangelisch und war aber immer großzügig, mit Blumen und so.

Oder doch noch mal über Jens nachdenken? Der war ein ausgetretener Katholik aus Nordrhein-Westfalen. Diese zwei Daten fand sie ganz sympathisch, aber irgendwie hatte sich ihre libidinöse Aufgeregtheit in Bezug auf Jens ja in der Zwischenzeit schlafen gelegt. Der biss einfach nicht zu, wenn ein gutes Stück Steak auf dem Teller lag, der würde selbst dann noch so lange plaudern und Freund sein, bis das Fleisch kalt und trocken war. Da wartete sie lieber noch auf den, der Fisch kochte, ohne dass es nach Fisch roch.

Bitte?

Wo war ihr Kopf denn jetzt mit ihr hingerast? Aber ungefähr hatte sie schon verstanden, was sie meinte. Und das war ja die Hauptsache. Man musste doch nicht immer auf irgendwelchen Formulierungen herumreiten.

EINE SCHWIERIGE ZEIT lag hinter Dieter. Aber so langsam traute er sich zu glauben, dass sich in der kurzzeitigen Krise der vergangenen Wochen ein positiver Ausgang andeutete.

Sein Problem hatte ursprünglich Bettina geheißen. So musste er das mittlerweile formulieren. Als er aus seinem Urlaub zurückgekehrt war und sie vor seiner Tür gestanden hatte, hatte eine zunächst unangenehme Geschichte ihren Anfang genommen. Das hatte er sofort gewusst, als er sie da hatte stehen sehen. Bettina hatte sich vorgenommen, ihn so lange mürbe zu machen, bis sie ihn als Täter entlarvt hatte. Zu diesem Vorhaben gehörten mehrere unangekündigte Besuche und ein paar Telefonate zu später Abendstunde. Das fand sie wohl psychologisch geschickt. Ihn anzurufen, wenn er schon ein oder zwei Gläser Wein getrunken hatte und sich so langsam die Bettschwere bemerkbar machte.

Immer wieder wollte Bettina mit ihm über sein Verhältnis zu Sabine reden, wie es sich im Laufe der Jahre entwickelt hatte, ob man nicht manchmal eine Mordswut auf den anderen gehabt habe, ob er nicht manchmal eine Mordswut auf Sabine gehabt habe, ob er nicht auch fände, dass Sabines Humor einen manchmal unheimlich hätte provozieren können, also sie würde ja keinen Mörder verurteilen, weil ja sowieso in jedem ein versteckter Mörder schlummerte, ob er diese Meinung nicht auch teilen würde …

Für Dieter war es in diesen Gesprächen ein Segen, dass er sich mittlerweile so an seine eigene Lesart der Tat gewöhnt hatte, dass Bettinas intensive Spurensuche zwar ab und zu anstrengend für ihn wurde, ihn aber doch nie zum Einknicken brachte. Dieter selbst hatte sich schon längst eingestanden, dass es sich bei der Tötung von Sabine um eine wirklich blöde Überreaktion gehandelt hatte, ein Missgeschick, wenn man so wollte. Ihm war mittlerweile klar, dass er das so nicht noch einmal machen würde. Und er fand, wenn das Schicksal es ihm schon so schwer machte, sich offiziell verantwortlich zu zeigen, wenn er sich doch schon freiwillig immer wieder fragte, was ihn denn da geritten hatte am 15. 2. des Jahres, und wenn er Sabine doch sogar immer mal wieder vermisste, dann war das doch Sühnearbeit genug, oder?

Es musste ihm nun wirklich niemand anderer mehr klarmachen, wie unsinnig es gewesen war, Sabines Leben zu beenden. Und wofür sollte Knast denn überhaupt gut sein? Er ging doch jetzt nicht in Haft für eine Erkenntnis, die er schon längst selbst gehabt hatte und die ihm auch aufrichtiges Bedauern abverlangte!

Das konnte auch Bettina nicht wollen, dass er jetzt bei aller Einsichtigkeit, weswegen ja auch absolut keine Wiederholungsgefahr bestand, für länger im Gefängnis verschwand. Dieter meinte nämlich, bei ihr ein gewisses aufkeimendes Interesse an ihm bemerkt zu haben. Seit dem Abend, als sie wieder mal unangekündigt bei ihm aufgekreuzt war und sie im Laufe des Abends Kinderfotos von ihm angeschaut hatten. Auf einem der Bilder war er noch zusammen mit seinem Hund Rudi zu sehen, den er mit acht Jahren bekommen und mit elf Jahren wieder hatte loslassen müssen, da ein vollbesetzter Möbelwagen das Leben des Tieres abrupt verkürzt hatte. Als Dieter Bettina diese Geschichte ausführlich erzählte, schämte er sich seiner Tränen nicht, zu schmerzhaft war die Erinnerung. An diesem Abend schien es ihm, als ob Bettina beginnen würde, ihn mit anderen Augen zu sehen. Sie schien gerührt von seiner Emotionalität. Um diesen Eindruck noch zu festigen, schob er hinterher, dass in ihm eigentlich immer auch ein Kinderwunsch geschlummert habe, durch jene grausame Tat sein Traum aber zerstört worden sei. Nüchtern betrachtet hätte er das nie so beschrieben, aber jetzt einmal so formuliert, rissen ihn seine Worte doch sehr mit, und er brauchte direkt noch ein Taschentuch.

An diesem Abend hatte Bettina ihn in den Arm genommen, er hatte sich dort spontan wohlgefühlt, und auch sie hatte bei ihm den Eindruck hinterlassen, dass sie diese Haltung nicht unangebracht fand. Nach dieser hochemotionalen Situation hatte man zwar wieder hüstelnd eine gewisse Distanz zueinander eingenommen, geblieben war aber auf beiden Seiten das Gefühl, dass man sich eine Menge zu sagen hatte.

Und nun hatte er schon mindestens dreimal nach einem ihrer Anrufe und auch nach einem weiteren Treffen im einzigen brasilianischen Lokal der Stadt feststellen müssen, dass sie nicht ein einziges Mal die Sprache auf Sabine gebracht hatte. Sie hatte ihn lediglich nach seinem Tag gefragt, wie es ihm denn so ginge und so weiter. Das hatte er anfangs einer geschickten Fang-Taktik zugeordnet, weil er nicht zu hoffen wagte, dass sie ihre Lauerstellung tatsächlich aufgegeben hatte, aber wenn er das jetzt mal ganz nüchtern betrachtete, rückte Bettina sich mittlerweile eindeutig als Frau in sein Blickfeld. Sie kicherte viel, ihr Ton ihm gegenüber wurde immer häufiger neckisch, sie machte Andeutungen über sich, die er dann kommentieren musste. Und wie bitte sollte man das denn verstehen, wenn nicht als Angebot, sich doch mal näher mit ihr zu befassen, wenn sie sagte: »Ich hatte bisher immer nur was mit blonden Männern, und das Komische ist, wenn du mich aber fragen würdest, würd ich immer sagen, dunkle Locken muss er haben.« – Blick auf sein Haupthaar: »Uhh, hupps, wem sag ich das denn?« (kicher)

Die zunehmend angenehme, stetig persönlichere Atmosphäre bei ihren Treffen gestalteten sie also beide gleichermaßen, und je mehr Zeit ins Land ging, desto selbstverständlicher wurde ihr Umgang miteinander. Bettina hatte diese aufklärerische Anstrengung aufgegeben, mit der sie zuvor die Stimmung geprägt hatte, und wenn es nun immer noch nicht ganz alltäglich war, wie sie sich begegneten, dann lag das Dieters Empfinden nach an immer häufiger aufblitzender heterosexueller

Neigung des einen zur anderen. Und wiederum der einen zum anderen. Und so was brauchte ja immer ein bisschen Zeit … Dieter hatte Bettina auch zu Sabines Lebzeiten bereits als attraktive Erscheinung wahrgenommen, wäre aber unter den damaligen Umständen niemals auf die Idee gekommen, mit einer befreundeten Kollegin seiner Frau etwas anzufangen. Und, wie gesagt, auch Bettinas Bemühungen auf dem Flirtsektor waren erst ein paar Begegnungen alt.

Wenn er nun also Bettinas Verhalten alles in allem richtig deutete, so würde er ihr doch einen Bärendienst erweisen, wenn er sich jetzt für ein paar Jahre hinter Gitter zurückziehen würde. Und gerade das war doch stets einer der schwerwiegendsten Vorwürfe an Männer: deren Rückzugsverhalten. Und so wie es gerade aussah, bekam er mit Bettina noch mal die Chance, sich als Partner in einer Liebesbeziehung quasi neu zu erfinden. Na ja, hängen wir's mal nicht ganz so hoch, unterbrach Dieter sich selbst, sich als Partner neu zu, zu … zu dings. Kam ja auch mit auf Bettina an, das konnte er ja gar nicht jetzt schon vorwegnehmen.

SABINE HATTE eine Empfehlung bekommen. Und diese Empfehlung namens Lars Einmann, vor seinem Ableben ein erfolgreicher Chirurg, beugte sich nun über ihren Bauch und ließ die geübten Finger über ihr knubbeliges Gewebe gleiten.

»Wenn man so näht, braucht man keinen Stempel mit seinem Namen mehr«, sagte Einmann jetzt. »Der Marzahn hat eine eindeutige Handschrift, das muss man sagen.«

Sabine hatte ihm von ihrer Obduktion erzählt, und bevor sie ins Detail gehen konnte, hatte Einmann abgewinkt und gesagt: »Ich schau mir das jetzt mal an und dann sage ich Ihnen, wer das war. Seitdem ich hier bin, habe ich nämlich schon vier Kandidaten gehabt mit ähnlichen Schilderungen. Und immer hatte der schätzenswerte Kollege aus der Düsseldorfer Pathologie, Paul Marzahn, seine Spuren hinterlassen. Das ist halt Pech, wenn man in Düsseldorf mit uneindeutiger Faktenlage stirbt und dann auch noch zum Aufschneiden in der Schicht von diesem Schnibbler landet.«

Sabine spürte nichts von den Betastungen Einmanns, da nach Marzahns Flickarbeit immer noch kein Gefühl in die Narbe zurückgekehrt war. »Dabei gibt es gerade in Düsseldorf ganz hervorragende Mediziner in der Pathologie, der Stjenkovski zum Beispiel, der hat so lange bei Krosno Odranskie hinter der polnischen Grenze Frauen aller Größe und Breite mit derartigem Kunstverstand umgenäht, bis er eine Arbeit von größerer Relevanz machen wollte und in der Gerichtsmedizin landete. Wenn Sie unter dessen Hände gekommen wären, hätten Sie noch nicht mal einen Strich auf der Bauchdecke zurückbehalten, vielleicht hätte er sogar noch die leichte Asymmetrie Ihrer Brustwarzen gerichtet. Von so was konnte der nie die Finger lassen, dafür war er dann doch zu sehr plastischer Chirurg.«

Äh, bitte was?! Im Laufe ihres Lebens hatten viele Menschen ihre Brustwarzen zu sehen bekommen, Sexualpartner, Freundinnen, mit denen man sich die Umkleidekabine teilte, man zog sich halt immer mal wieder im Beisein Dritter aus und dann wieder an, und nie, aber wirklich nie hatte sie auch nur einen einzigen Blick bemerkt, der länger als gewöhnlich auf ihren Brustwarzen haften geblieben wäre und hätte verraten können: hups, die Arme hat ja asymmetrische Brustwarzen! Sollte sie darüber jetzt ein Palaver anfangen oder es einfach dabei belassen, dass Herr Lars Einmann der Erste zu sein schien, der eine körperliche Entstellung bei ihr bemerkte?

»Ich würde jetzt allerdings nicht im Nachhinein noch einen Eingriff machen lassen an Ihrer Stelle, wenn es Sie selbst nicht allzu sehr stört«, fuhr Einmann fort, und Sabine rätselte, ob er nun ihre Brustwarzen oder ihre Bauchdecke meinte.

»Tja, und mit Ihrer Bauchdecke ...«, fuhr er fort, »... die würde ich gerne noch mal aufmachen, das verknorpelte Narbengewebe abschleifen, sodass alles wieder eben wird und dann auch schön bündig zusammenwachsen kann. Dann war's das auch mit der Juckerei. Was meinen Sie?« Erwartungsvoller Blick auf Sabine.

»Ach, und wissen Sie was? Wenn ich Sie doch dann einmal hier liegen habe, dann machen wir gleich die Brustwarzen mit, und über die Schlupflider geh ich auch noch mal drüber! Hm?«

Sehr reizvolle Überlegung.

»Dann würde ich aber vorschlagen, bring ich Ihnen ein Foto von der jungen Hildegard Knef mit, da komm ich ganz leicht dran, und Sie modellieren mir gleich deren Gesicht in meins. Hm?«, gab Sabine zurück.

Einmanns Blick schritt noch einmal prüfend Sabines Gesicht ab. Dann schüttelte er den Kopf: »Nein. Das fände ich zu viel. Sag ich Ihnen ganz ehrlich. Immer so viel wie nötig, so wenig wie möglich, das war stets meine Losung. Aber wenn Sie offen sind, kann man natürlich Ihre Nasenflügel noch einen Hauch einschmälern, das sehen Sie hinterher kaum, dann wirken die weniger fleischig.«

Riesenidee. Sie musste ja wirklich ihr Leben lang so richtig scheiße ausgesehen haben.

DIETER HEULTE. Er saß da, und es lief einfach. Jetzt konnte er nichts mehr sehen, und die Nase ging zu. Sie hatte ihn nur angesehen und einfach gesagt: »Komm!« – da hatte es ihn gerissen. Jetzt streckte sie beide Hände aus und schaute einfach nur. Dieter war sich ganz sicher: Keine andere Frau konnte einem so ins Herz sehen wie Kate Winslet da gerade. Neben Dieter schluchzte Bettina, die sicherlich das Gleiche über Johnny Depp dachte, der Kate Winslet zurück anschaute, nicht weniger intensiv.

Dieses verdammte amerikanische Kino! Wie machten die das immer?

Da schrieb jemand eine Geschichte auf von einem Schafhirten, den es nach dem Verlust seiner Herde in die große Stadt verschlägt, wo er eine Highschool-Lehrerin trifft, die nach dem Verlust ihrer Klasse nur noch wegwill aus der Stadt. Sie reden viel über das Leben, im Hintergrund überqueren Kinder mit Schafen in ihren kleinen Kinderarmen die Straße. Der Himmel reißt auf, sie sagt: »Komm.« Abspann, und du weißt: So etwas hast du noch nie gesehen. So hast du noch nie gefühlt. Und Dieter wusste: Hier und jetzt beginnt meine neue Liebesgeschichte. Ich werde Bettina, wenn wir gleich aus der Dunkelheit des Kinos in die Dunkelheit der Nacht wechseln, fragen, ob sie meine Frau werden möchte.

Abspann Ende. Barbra Streisand im Duett mit Gary Barlow singt immer noch, Bettina lässt ihren Kopf an seine Schulter sinken. Er ergreift ihre Hand. Sie erwidert den zärtlichen Druck. So sitzen sie da. Die Musik endet, Kinosaal leer, Tür zu,

Tür wieder auf, neues Publikum rein. Bettina und Dieter regen sich nicht. Solche Momente sollten nie vergehen. Werbung. Die erste Damenstrumpfhose, die auch Männer gerne tragen. Gerade läuft Michael Ballack damit aufs Spielfeld, sehr zufrieden, wie seine Stimme aus dem Off unterstreicht. Tor. Jubel. Logo Damenstrumpfhose – jetzt auch für Männer. Superspot!

Jetzt noch mal der Vorfilm. Ein Hundevater und eine Hundemutter mit vier Adoptivkindern im Alter von sechs (Zwillinge) bis neun Jahren kehren nach einem Gassigang nicht mehr heim und verlassen das Land Richtung China, wo sie allesamt von russischen Touristen aufgegessen werden.

Der Hauptfilm beginnt. Kate Winslet betritt die Bühne, Bettina atmet gleichmäßig an Dieters Schulter.

Er hatte den Film ja schon gesehen und freute sich nun auf 97 Minuten Bettina-Angucken. Falls sie durchschlief. Zärtlich strich er ihr eine lange Strähne aus dem Gesicht, die sich, als ihr Kopf an seine Schulter gesunken war, nach vorne geschummelt hatte. Sie roch gut. Als hätte sie in irgendeiner Vergangenheit mal ein Parfüm aufgetragen, das jetzt nur noch ganz blass duftete und ihrem eigenen Aroma genug Raum ließ. Ja, Aroma, das musste man genau so sagen, Bettina sprach alle seine Sinne an, so wie sie da an ihn gelehnt ihre Wärme abgab. Dieter grub seine Nase in ihr Haar und atmete tief ein. Dann musste er ihren Haaransatz küssen und ließ seinen Kopf auf ihrem liegen. Bettina rekelte sich und zeigte ein Grinsen, das mit der ganzen Welt einverstanden zu sein schien. Dann bog sie mit geschlossenen Augen ihren Kopf zu ihm hin, und er versank mit seinen Lippen in ihren. Ihr voller Mund war so fest, dass Dieter für einen Moment abgelenkt war durch den Gedanken, ob sie da wohl mit irgendeiner Substanz nachgeholfen hatte. Von solchen hässlichen Überlegungen wollte er sich jetzt aber nicht von ihr wegtreiben lassen und konzentrierte sich lieber auf ihre Hand, die sich rhythmisch der erwartungsvollen Schwellung zwischen seinen Beinen widmete.

»Ich hab gerade ’ne Trennung hinter mir, das ist aber auch der einzige Grund, warum ich euer Gefummel nicht so gut haben kann. Der Film interessiert mich nur zusätzlich. Danke fürs Aufhören«, beugte sich aus dem Kinosessel hinter ihnen ein etwas verspannter Cineast zwischen sie.

Alles dahin. Wo gerade noch ein Riesenverlangen gewesen war, in den Augen, in den Händen, im Atem, in den Schenkeln, breitete sich jetzt eine ertappte Peinlichkeit aus, und mit roten Köpfen sammelten sie nun ihre Kleidungsstücke ein und verließen das Kino. »Wenn er so gebeutelt ist, warum geht er denn dann in so einen amerikanischen Schmachtfetzen?«, fand Bettina als Erste ihre Sprache wieder.

Dieter half ihr draußen in den Mantel und nutzte direkt die Gelegenheit, sie wieder mit beiden Armen fest zu umfassen. So schnell wollte er das Entree in eine körperlichere Beziehung nicht aufgeben. Nach dem vielversprechenden Appetithappen im Kinosaal würde er jetzt auf keinen Fall wie Hänsel und Gretel mit ihr nebeneinander durch die Straßen gehen. Bettina schien seinen Entschluss zu teilen, denn sie ließ ihren Kopf an seine Brust sinken und gab ein wohliges »Mmmmhh« von sich.

»Wahrscheinlich wollte er sich beweisen, dass er mit seiner Dahingegangenen total fertig ist und ohne Zucken Liebesszenen ansehen kann. Aber einen Sitz weiter geht's dann doch noch nicht«, antwortete er ihr und setzte nach: »Ich werde so was wie der arme Kerl aber gar nicht mehr erleben, denn das mit uns ist ja was für die Ewigkeit.«

»Wenn du mich nicht auf halber Strecke umbringst!«, lachte Bettina in seinen Mantel.

Haha! Toll, eine Frau mit Humor! Da sollte man sowieso immer drauf achten, dass man sich grundsätzlich mit einer Frau mit Humor paarte. Damit man auch was zum Lachen hatte. Das Leben war ja hart genug.

Hahaha! Dieter stimmte in ihr Lachen ein, nicht dass sie dachte, sie hätte einen Typen ohne Sinn für gute Gags erwischt.

Bettina hob ihr Gesicht und sah ihn an: »Entschuldige, das war drüber. Ich hab's an deinem Lachen gemerkt. Das war nicht echt. Das war so Gackgackgack, und sonst lachst du mehr so Hohoho. Nee, Hohoho irgendwie auch nicht, du lachst mehr so … so Harrharr!«

Empfindliche Stelle gerade. Ganz blöde wäre ja, wenn sie ihm hätte stecken wollen, dass er eine bescheuerte Lache hatte. Das lass ich jetzt einfach mal so vorbeiziehen, nahm Dieter sich vor. Er wollte zunächst dringend an der hormonellen Komponente weiterarbeiten, und was sein Lachen anging, konnte er ja vielleicht eher einen auf geheimnisvoll machen, da geierte man ja auch nicht so los, sondern schmunzelt vielmehr. Und das war ja überwiegend geräuschlos.

TATSÄCHLICH. Sie schaute sich im Spiegel an und gefiel sich tatsächlich besser. Der Bauch: wieder einwandfrei hergestellt. Aus der Schnittlinie hatte sie von Einmann, das war sein Vorschlag gewesen, eine Schlange machen lassen, die zugleich das Thema »Versuchung« darstellen sollte, da es vom Narbenende aus ja geradewegs Richtung Venushügel ging. Coole Idee, gut umgesetzt. Wer ihr jetzt Bluse und Hose öffnete, würde sich der augenblicklich erkennbaren Erotik nicht entziehen können.

Die Nase: an beiden Seiten zarter, ganz eindeutig. Sie war vorher nicht irgendwie unansehnlich oder auffällig gewesen, aber sie gab mit den etwas dünneren Nasenflügeln dem ganzen Gesicht jetzt eine beinahe verletzliche Anmutung.

Die Augen: Einmann hatte unbedingt noch an ihre Schlupflider rangewollt, von denen Sabine nie gedacht hätte, dass sie bei ihr schon zu einem eigenen Begriff gereicht hätten, und das war ihr dann auch der Veränderung zu viel gewesen. Seinen Blick operativ zu verändern, das hieß doch, nicht mehr so zu gucken wie man selbst. Gisele Bündchen, Romy Schneider, Bettina Böttinger, alle Trägerinnen von Schlupflidern. Nein, nein, da musste niemand Hand anlegen.

Jetzt brauchte es nur endlich mal wieder einen Herrn, der sie anschaute und für etwas mehr in Betracht zog. Bei diesem Gedanken schob sich Dieter vor ihr inneres Auge, und wie er sie manchmal angeschaut hatte. Flammend heiß konnte ihr damals davon werden, von diesem Blick, der einen augenblicklich festtackerte, der eine Präsenz hatte, die die Raumtemperatur nach oben schießen ließ. Im Laufe der Jahre hatte die Art, wie er sie ansah, zwar an Intensität eingebüßt, aber Dieter gehörte einfach zu den Männern, die per se einen dringlichen Blick hatten, ob sie nun eine Frau ansahen oder einen Apfelpfannkuchen. Folgerte man daraus allerdings eine gewisse Autorität, so lag man damit vollkommen falsch. Diese Diskrepanz hatte es zu Beginn ihrer Geschichte auch erst einmal zu überwinden gegolten, dass Dieter nämlich mit seinem Blick suggerierte »komm, folge mir«, und, wenn er dann voranging, man aber häufig mit ihm im Dunkeln stand. Ach, wahrscheinlich waren diese ganzen Erwartungen von zu Füßen gelegten Welten und noch mehr entdeckten Amerikas sowieso eine gigantische Zeitverschwendung, dachte Sabine im Rückblick versöhnlich. In einem dunklen Zimmer war es doch für Männlein wie Weiblein gleich dunkel, und wieso sollte immer der Mann als Erster den Lichtschalter finden?

Was allerdings wirklich all die Jahre über ein großes Problem dargestellt hatte, war Dieters blöde Lache. Die konnte echt nerven. So harrharr lachte er beziehungsweise irgendwie so hohoho, man konnte das schlecht beschreiben. Aber mit der Art eines Menschen zu lachen verhielt es sich ähnlich wie mit schlimmen Stimmen. Man gewöhnte sich im Laufe des Zusammenlebens daran. Musste man ja. Wie sollte man sich oder anderen gegenüber ernsthaft vertreten, dass man sich von einem wirklich guten Typen getrennt hatte, weil er irgendwie doof lachte? Viele Frauen blieben ihr Leben lang solo, wenn Männer so kleinlich wären und den Klang der Stimme zum entscheidenden Kriterium machten. Im weiteren Verlauf einer Beziehung hatten viele Paare ja auch zunehmend weniger miteinander zu lachen, trat die Belastung durch einen doof lachenden Mann also in den Hintergrund. Die Belastung durch die quäkende Stimme einer Frau, die sich damit dann auch noch immer häufiger schimpfend zu Wort meldete, war jedoch diametral ansteigend. Wie hielt einer das aus? Männer konnten wirklich sehr großzügig sein.

Und die Freundin von Jan Delay auch. Wobei die wiederum den Vorteil hatte, dass der seine Stimme häufig mit vielen Instrumenten anreicherte, er schien wohl selbst zu wissen, dass das nicht anders ging, wenn er wollte, dass ihm jemand länger zuhörte. Und morgens? Beim Aufstehen? Hatte der echt immer seine Band dabei?

Na ja, wie auch immer Jan Delay und seine Freundin das lösten, die stinknormale Frau jedenfalls musste im Kontakt mit dem Liebsten gänzlich ohne musikalische Unterstützung auskommen. In der Regel jedenfalls.

Sabine wurde gerade klar, dass sie sich noch lange um anderer Leute stimmliche Vor- oder Nachteile Gedanken machen konnte, dass sie das hier aber bei der Frage, wann sie denn noch mal fündig würde, keinen Schritt weiterbrachte.

»BECHER«, Dieter meldete sich am Telefon und zuckte gleich darauf zusammen.

»Pelzer, Kripo Düsseldorf, Herr Becher, wir haben ja jetzt lange nichts mehr voneinander gehört.«

»Ah, Herr Pelzer. Ja, richtig, ja, das ist wirklich, ja, das ist wirklich eine ganze Weile her alles. Also, der Verlust meiner Frau ist für mich natürlich noch immer täglich präsent, aber ich wollte halt eben einfach nur sagen, dass die Sache an sich, also, diese schlimme Tatsache, dass es überhaupt zu einem derartigen Verlust kam, tja, Sie merken vielleicht, es fällt mir immer noch schwer, darüber zu sprechen«, beendete er dann doch noch geistesgegenwärtig sein Kauderwelsch.

»Das hätte mich jetzt aber auch gewundert, Herr Becher, wenn ich, so wie ich Sie kennengelernt habe, jetzt plötzlich einen abgeklärten Mann am Apparat hätte. Nein, nein, für uns Ermittler ist es immer eher unglaubhaft, je souveräner und gefasster die Verbliebenen sich im Kontakt mit uns gebärden. Und, ich will ganz ehrlich sein, da schauen wir dann natürlich gleich ein bisschen gründlicher hin. Was nicht heißen soll, dass wir sonst unsauber arbeiten. Aber solche Witwertypen zum Beispiel, wie Sie einer sind, da sind wir dank unserer Erfahrung natürlich schnell mit durch.«

Jetzt fing der schon wieder davon an. Das ging doch alles wieder in die Richtung, dass man von ihm nichts Großes erwartete. Ruhig, Dieter, ruhig, jetzt warte doch erst mal ab, du weißt ja zum Beispiel noch gar nicht, warum der Kommissar überhaupt anruft, vielleicht hat er ja noch einen Aufreger in petto und du sitzt demnächst wegen Falschparkens in U-Haft. Wobei solche Fälle doch gar nicht die Sitte bearbeitete?

»Nennt man Sie eigentlich noch Sitte?«

»Ääh, was bitte?«

»Ob man noch Sitte sagt zu Ihrer Abteilung, man hört das Wort so gar nicht mehr«, konkretisierte Dieter seine Frage.

»Ah, ach so, ja. Nein, Sitte ist kein gebräuchlicher Begriff mehr, glaub ich, das waren außerdem auch immer die, die die Sexualdelikte bearbeitet haben, wir sind die Kripo, die Kriminalpolizei.«

»Na, sehen Sie. Das war mir doch aufgefallen. So wenig man als normaler Bürger mit der Polizei zu tun hat, man kriegt doch immer irgendwie mit, wenn sich was Wesentliches ändert.« Dieter war ganz zufrieden mit sich. Aber er hatte sowieso noch nie zu den Männern gehört, die generell nichts merkten. Das fand er hier wieder mal bestätigt. So, jetzt sollte der Kommissar aber mal mit der Katze aus dem Sack. Warum rief er denn eigentlich an?

»So, Herr Kommissar, jetzt aber mal die Katze aus dem Sack«, gestaltete Dieter das Telefonat nun etwas übermütig. »Warum rufen Sie denn eigentlich an?«

»Ja, warum rufe ich an. Um Ihnen zu sagen, dass wir nun seit Monaten jeder Spur nachgegangen sind, die uns bei der Aufklärung des Todesfalles Ihrer Frau hätte helfen können, dass wir nun aber leider sagen müssen, dass der Mord an Ihrer Frau voraussichtlich zu den 20 Prozent unaufgeklärter Fälle gehört, die wir nun mal statistisch jährlich zu beklagen haben.«

»Ja, aber Sie wollen mir doch jetzt nicht sagen, dass ich niemals erfahren werde, wer mein Leben zerstört hat?« Dieter musste ja den neuesten Entwicklungen entsprechend sein Bemühen dahin lenken, auf keinen Fall mehr als Täter infrage zu kommen. So machte er das ganz gut, fand er. Oder war »Leben zerstört« zu dicke?

»Sehen Sie, Herr Becher, diese Telefonate gehören für mich neben den Todesnachrichten, die wir ja auch überbringen müssen, zu den schwierigsten überhaupt. Denn hier haben wir auf der einen Seite Sie, dessen Leben von jetzt auf gleich durch einen gewissenlosen Fremden zerstört wurde, und auf der anderen Seite liegt es natürlich in unserer Verantwortung, infolgedessen nicht einfach ein weiteres Leben zu zerstören, indem wir den falschen Täter inhaftieren, nur um einen zu haben. Ich könnte jedes Mal kotzen, diese Telefonate verlaufen alle gleich!«

»Was müsste ich denn jetzt sagen, damit für Sie ein bisschen Abwechslung drin ist?«

»Ach, Sie könnten einfach mal sagen, dass wir es uns ja auch nicht gerade leicht machen, dass wir uns mit Hinz und Kunz rumschlagen müssen, der eine erzählt dies, der andere redet das. Dass wir jeden Tag zur Arbeit gehen, um aus 80 Millionen Deutschen einen Täter rauszufinden. Dass wir manchmal ins benachbarte Ausland fahren müssen, um weiter zu ermitteln, dann schlafen wir zum Beispiel auch nicht bei unseren Familien, sondern in diesen beschissenen, abgehalfterten Vertreterhotels, dass wir …«

»Bei Ihnen ist ganz schön die Luft raus, oder, Herr Pelzer?«

»Das kann man wohl laut sagen! Und dann jeden Tag 30 Prozent Dralonanteil in den Klamotten.«

»Haben Sie denn nie mal darüber nachgedacht, eine Kur zu beantragen?«

»Ach, 'ne Kur! Die können doch alle keine normalen Massagen und Bäder mehr. Die legen einen doch in der Kur auch nur noch in Rosenblätter oder indische Milch, aus den Lautsprechern den ganzen Tag diese Ayurveda-Musik, und dann kommen sie mit 'nem Wildseidenhandschuh und laufen einem mit nackten Füßen auf dem Rücken rum. Hab ich letztes Jahr gemacht, da kam ich noch nervöser wieder zurück, als ich hingefahren bin!«

»Tja, Mensch, Herr Pelzer, was machen wir denn jetzt mit Ihnen? Zumindest kann ich Ihnen für meinen Teil schon mal sagen, dass ich mir natürlich einen anderen Ausgang gewünscht hätte, aber dass ich nicht vorhabe, Ihnen jetzt noch mehr Schwierigkeiten zu machen, weil es Ihnen nicht gelungen ist, den Mörder meiner Frau zu fassen. Davon wird sie ja auch nicht wieder lebendig. Und ich glaube, für Sie ist es vielleicht genauso hart, keine Antwort auf die vielen Fragen zu kriegen wie für mich. Stimmt's?«

Hemmungsloses Schluchzen am anderen Ende.

»Wissen Sie, ich … ich, entschuldigen Sie, ich … das ist mir noch nie passiert, glauben Sie mir, ich kann ein ganz harter Hund sein! Ich … – heul! – wollte sooo gerne den Täter finden, auch, weil ich Sie von Anfang an so sympathisch fand und Ihre Frau so nett, wie sie da lag. Aber es ging nicht! Es ging einfach nicht! Ich danke Ihnen für Ihr Verständnis, das werde ich Ihnen nicht vergessen, verstehen Sie mich nicht falsch, ich würde unser Gespräch jetzt gerne beenden. Das hat mich doch alles sehr mitgenommen. Sie erhalten von unserer Dienststelle noch ein offizielles Schreiben über die Einstellung der Ermittlungen. Aufgrund der hochmodernen Datenbank, wie wir sie haben, ist es uns allerdings jederzeit möglich, wenn neue Verdachtsmomente bezüglich einer konkreten Person entstehen, die Arbeit am Fall Ihrer Frau wieder aufzunehmen. Ich danke Ihnen für dieses Gespräch.«

»Aber bitte, Herr Pelzer,« sprach Dieter noch in die unterbrochene Leitung, dann hatte er verstanden, dass sich sein Gesprächspartner nach diesem Ausbruch tatsächlich zügig zurückgezogen hatte.

So. Wie war das Ganze denn nun zu bewerten? Die hatten die Suche nach dem Täter also drangegeben, und er erschien weiterhin nicht auf der Agenda der Ermittler. Das war doch beinahe ein Hauptgewinn, oder? Tatsächlich, dieser aufgelöste Burn-Out-Kriminalkommissar Pelzer hatte ihm gerade mitgeteilt, dass er, Dieter Becher, von nun an seine Ruhe genießen konnte. Dass man auch in Zukunft auf ihn als möglichen Täter nicht zukommen werde. Und selbst wenn die schlaue Datenbank sich noch mal regen sollte, wäre es auch dann nicht gefährlich für ihn, weil er ja nicht vorhatte, das Ereignis zu wiederholen.

Jetzt nur noch an dem einen oder anderen Abend sein schlechtes Gewissen mal im Suff ertränken, dann hatte sich der Fall. Buchstäblich. Also, so was!

HA! NEE, NE? Ach, so'n Quatsch! In dieser Reihenfolge schoss es Sabine durch den Kopf, während sie im Mal-Gucken-Bereich den Blick auf den Monitor heftete. Die rechte Hand blieb samt Super-Dickmann auf halbem Weg zu ihrem Mund in der Luft stehen.

Da unten saßen die beiden Hauptdarsteller einer romantischen Szene innig vereint, soll heißen: verschlungen, auf der Parkbank im Volksgarten, die noch ganz durchgesessen sein müsste von ihr selbst, aus der Zeit, als sie wiederum in romantischer Umarmung mit eben diesem männlichen Protagonisten der gerade zu beobachtenden Szene dort gesessen hatte!

Ihre Freundin Bettina lag mit dem Kopf auf ihres Mannes Oberschenkeln wie auf dem besten Kissen der Stadt, und Dieter wiederum fuhr mit der linken Hand durch ihr – selbstredend frisch gewaschenes – Haar, in der Rechten hielt er sein Handy und schien gerade in der Schlusskurve eines fröhlichen Telefonats. So etwas bemerkte man ja immer sofort, weil der Schlussteil eines Telefongesprächs sich stets deutlich absetzt von Anfang und Hauptteil. Am Ende fahren die Gesprächsteilnehmer immer ihre Stimme hoch, drehen auch Hörer oder Gerät am Ohr nach oben, sodass der Ellbogen in der Luft zu stehen kommt, nicken und sagen dann Sachen wie: Jou; Okay; Alles klar; Dann …

In Dieters Fall sah und hörte Sabine ihn nun – mit links immer noch Bettina kraulend – in sein iPhone sagen: »Gut, Ma, ich soll dich auch von Betti schön grüßen!«

WAS?! MA?! BETTI?! GRÜSSEN?!!!

Bei diesen Worten traten Sabine beinahe die Augen aus dem Kopf. Zur Wiederherstellung eines ausgeglichenen Zuckerhaushaltes mussten direkt drei weitere Dickmanns nachgeschoben werden.

Die waren da unten schon voll kutschikutschi miteinander! Dieter sollte seine Mutter schon schön von Betti (!) grüßen. Garantiert sagte die auch schon »Christa«. Aber da musste sich Sabine bremsen in ihrer Entrüstung, das war nichts Besonderes. Christa gehörte zu den zwanghaft Junggebliebenen, die sich auch von fremden Haustieren duzen ließen. Man saß neben dieser Frau in der Bahn und musste in dem Moment schon Christa sagen und nicht mehr Frau Becher. So locker war die. So unverkrampft. So 2010.

Viel mehr aber musste Sabine sich über ihre Freundin wundern:

BETTI.

Sabine hatte noch genau im Ohr, wie sich diese Betti zu ihren Lebzeiten immer über Monis, Susis und Gittis geäußert hatte. Über Bettis hatte sie zu der Zeit nicht explizit gesprochen, vielleicht hätte sie diese Damen ja damals schon nicht in ihren Katalog bescheuerter Frauennamenabkürzungen aufgenommen. Betti. Das klang ja auch ganz ordentlich. Betti. Da kam man wirklich nicht darauf, dass das ähnlich ausstrahlte wie Hanni. Oder Nanni.

Nun gut, aber letztlich musste Sabine sich eingestehen, dass sie das alles nichts mehr anging. Und wenn Dieter Bettina nun auch schon angeboten hätte, bei ihm einzuziehen, sie war raus aus der Nummer.

Was war sie denn auch so schmallippig? Sie hatte doch schon mehrfach festgestellt, wie wohl sie sich hier im Himmel fühlte und dass biestige Regungen sich abmeldeten zugunsten einer Alles-easy-Haltung. Und noch eins: Wenn sich nun in ihrer Abwesenheit der Mann und die Freundin fanden, dann bedeutete das doch, dass sie sie zu Lebzeiten verschont hatten mit ihrer Affinität zueinander, dass sie im besten Fall sogar einfach gar nicht zugelassen hatten, einander besonderer zu mögen, einfach aus Treue zu ihr. Potzblitz! Was hatte sie für anständige Menschen um sich gehabt damals!

So in Gedanken versunken und längst wieder an einem Dickmann kauend, fand Hilde Sabine vor, als sie die Tür zum Mal-Gucken-Bereich öffnete. Im Schlepptau Patrick Swayze. Heute lief es aber auch zu rund. Eben noch befremdliche Bilder verarbeitend schon kurz vor der nächsten Blamage.

Hilde nahm sie zur Begrüßung herzlich in den Arm und erfasste mit einem Blick ihre trübe Stimmung. »Jaja, der Mal-Gucken-Bereich …! Das kann ein teuflischer Ort sein, meine Liebe! Manche Sachen weiß man besser gar nicht, und schon gar nicht so real bebildert wie hier. Ich hab Patrick auch schon gewarnt, aber er wollte unbedingt einmal gucken, ob sie auf der Erde noch seine Filme schauen, seine Lieder hören. Im Mal-Gucken-Bereich findest du ganz schnell heraus, ob dich dein armseliges Menschsein wieder einholt mit allem, was dazugehört: Kleinlichkeit, Missgunst, ach, ich will mich da gar nicht weiter mit befassen. Da hat man doch auf der Erde wirklich genug von gehabt.«

Sabines Aufmerksamkeit war während der letzten Sätze Hildes eh zu Mr. Swayze rübergerutscht, der sie freundlich anstrahlte: »Hey, Sbien! How are you?«

»Thank you, I feel fine.« So ein Satz ging noch. Obwohl gelogen. Aber glücklicherweise einem Amerikaner gegenüber, die kannten auf diese Frage ja gar keine echten Antworten, also hatte sie auch niemanden verarscht. Langsam kam sie auch wieder besser drauf und wollte tatsächlich noch mal einen Versuch wagen: ein richtiges, echtes, Englisch geführtes Gespräch. Sie würde heute definitiv eine bessere Figur abgeben als vor ein paar Wochen auf der Party, da juckte sie jetzt der Ehrgeiz.

»And you? How are you?«, zeigte sie ihre Bereitschaft zum Rededuell.

»Du, Sbien, ik habe in die letzte Wochn gelerrnt, Doits spreken und ist so hard for mik. Känns du mirr ßeigen, riktik spreken mit dir?«

Aha, es blieb also kompliziert mit Herrn Swayze. Jetzt wusste sie gar nicht mehr, wie zu sprechen war mit ihm.

»Okay, ik werde versuken, helfm«, kam sie ihm erst mal entgegen.

Hilde runzelte die Stirn. »Du willst doch jetzt nicht ernsthaft mit ihm reden wie mit 'nem Deppen?!«

»Das kennt der von mir doch gar nicht anders«, kicherte Sabine. Aber sie sah ein, dass nicht nur Patrick, sondern vor allem auch sie an diesem versuchten Deutsch scheitern würde.

Nun standen sie da also so herum.

»Maybe you both could dance together? That's a lot more fun than talking«, wandte sich Hilde nun an sie beide.

Heftiges Kopfschütteln auf Sabines Seite: »Bist du irre?! Du kannst ihm doch nicht mich als Tänzerin anbieten! Da red ich lieber weiter mit ihm.« Sabine erinnerte sich augenblicklich an die furchtbaren Momente, in denen sie sich unbeholfen von Dieter über das Parkett hatte schieben lassen. Damals hatten sie wie so viele Paare, die sich zu Hause miteinander zu langweilen begannen, einen Tanzkurs belegt. Grauenhaft! Deutsche saftlose Hüften versuchten sich an Tangokurven! Nie wieder wollte sie sich in eine solche Situation begeben!

Da schnappte sie schon der Patrick und bog ihren Oberkörper nach hinten, indem er sich über sie beugte. Hupps! Aus den Lautsprechern in den Zimmerecken dampfte der Sound von »You're the one that I want« und der Profitänzer an ihrer Seite scheuchte sie von Wand zu Wand. Jetzt war sie wieder völlig versöhnt mit dem Himmel. Auf der Erde hätte man erst mal lange nach der richtigen Platte gesucht, die Gelegenheit wäre dahin gewesen, noch bevor man alle durchgeguckt hätte. Und hier erfasste der Raum, was Sache war, haute Musik raus, eine nach der anderen in Dolby Surround, und plötzlich war auch das Tanzen kein Problem mehr, ihre Beine flogen passgenau in die richtige Richtung, sie war biegsam wie eine Weide und absolut schrittsicher.

Was ihr allerdings einfach nicht einleuchten wollte, war, warum diese Kompatibilität nicht auch in der Sprache herzustellen war? Irgendwann würde der Tanz enden, und schon stünden sie beide dann wieder voreinander wie zwei Kühe auf der Wiese.

Da hatte doch jemand gepennt hier im Himmel!

Da. Siehste. Musik aus – und jetzt?

Hilde hatte sich nämlich zwischendurch augenzwinkernd verdrückt, von der war jetzt keine Übersetzertätigkeit mehr zu erwarten.

»Okay, I'll see you later«, teilte Patrick ihr mit.

»Yes, okay, I'll see you later«, bemühte sich Sabine nach diesem schönen Tanz um absolute verbale Übereinstimmung.

»We should get together again soon and talk. Would you like that?« Sabine glaubte nicht, dass Patrick jetzt irgendwas Schlimmes gesagt hatte, und fand es am besten, ab jetzt einfach alles zu wiederholen, was er sagte.

»Okay, you really don't seem to know much English and my German isn't all that great either, so I think we should stop here right now and try dating again sometime later. I'm looking forward to that, because dancing with you is fantastic!«

Vergiss es! Von dem Satz erinnerte sie ja nicht mal mehr den Anfang, jetzt war sie also hier schon wieder am Ende mit ihrem Wiederholungs-Coup! Dann sagte sie einfach noch mal Okay, I'll see you later, das war auch immer ganz gut angekommen.

»Okay, I'll see you later.« Ende der Debatte, jetzt noch mal rasch umarmen zum Abschluss, damit er nicht fortfuhr in seinem Mitteilungsdrang, und raus hier. Zu diesem Mal-Gucken-Bereich konnte man durchaus ein ambivalentes Verhältnis pflegen.

DIESE REISE hätte er am liebsten schon hinter sich. Streng genommen gehörte so etwas auch überhaupt nicht zu seinem Aufgabengebiet. Aber die Erkrankung des Cheflektors und seine besondere Reputation beim Verleger persönlich hatten ihm die vor ihm liegende Mission eingebracht. Dieter legte die letzten Teile in den kleinen Koffer und schaute verdrießlich. Gleich würde er aufbrechen zu einer Dienstreise der unangenehmeren Art. Er musste mit einem Autor erwartbar kontrovers über dessen Werk reden. Genauer gesagt, er musste mit Daniel Cohn-Bendit über die Schnapsidee sprechen, einen Reiseführer über Uschi Obermaiers Körper zu schreiben. Dieter hatte von Beginn an nicht daran geglaubt, aber jetzt auch noch vom Chef den Auftrag, nicht in seinem persönlichen, sondern im Sinne des Hauses das Gespräch zu führen, da Cohn-Bendit ja ein berühmter Mann war. Verleger Schorlemmer war sich hundertprozentig sicher, dass das lesende Volk regelrecht darauf wartete, von Herrn C.-B.'s Reiserouten über Frau Obermaiers Körper zu erfahren. Gut.

In Brüssel angekommen, fuhr er vom Bahnhof aus übellaunig mit der Tram zu einem Café, das sein Gesprächspartner vorgeschlagen hatte. Dort hatte er auch schon mal mit Silvana Koch-Mehrin gesessen und ihr die Idee ausgeredet, überhaupt etwas zu schreiben.

Cohn-Bendit saß schon da und ging zur Begrüßung freundlich auf Dieter zu: »Na, Herr Becher, mit dem Super-ICE ist das ja wirklich nur noch ein Klacks von Düsseldorf in die europäische Hauptstadt, hej? Grüße Sie!«

»Absolut!«, gab Dieter ihm recht. »Für etwas schwierigere Gespräche geht's einem fast zu schnell, harrharr!« Er fand seine Lache selber blöd, aber so auf die Schnelle konnte er sie jetzt nicht ändern.

Knarz, knarz stimmte Herr Cohn-Bendit in sein Lachen ein, und ab da machte Dieter sich dann gar keine Gedanken mehr.

Jetzt mussten sie beieinander zu sitzen kommen und ebenso bald zum Kern. Dieter hatte schon viermal Luft geholt, und mit dem fünften Schwung eröffnete er nun das Gespräch: »Tja.«

Nein, so ging das nicht.

»Na, so geht das aber nicht, ich denk, Sie komm', mit mir zu streiten!«, wetzte der alte Politrecke direkt seine Lippensäbel.

»Ja. Nun, ich ... würde Sie gerne dazu einladen, bei aller Begeisterung, die Sie dafür haben, einmal einen kritischen Blick auf Ihre ... Körperreise zu werfen. Ich würde unter anderem gerne konkret über die Besteigung des Venushügels sprechen, die Sie ja ausführlich schildern.«

»Okay, wenn Sie es mir ersparen, jetzt ein rückwärtsgewandtes, reaktionäres Gespräch eines verklemmten Hinterwäldlers zu führen, was gibt's für Fragen?«

»Ähm, ja, ich würde gern einfach mal wissen, warum der Leser, Querstrich, die Leserin sich auf diese Reise begeben soll. Über den Körper Uschi Obermaiers. Zumal Sie sich ja überwiegend mit dem Verfall dieses Körpers beschäftigen, Sie beschreiben zum Beispiel einen alternden Hals, der sich in Falten legt, sodass der Wanderer ›gutes Schuhwerk‹ braucht. Diese Schuhsymbolik empfinde ich als ganz besonders perfide, wenn es den Körper einer Frau abzuschreiten gilt.«

»Menschenskinder, Herr Becher, diese Beschreibung einer älter werdenden ehemaligen hochgejubelten Sexikone, die sie nie war, das hier nur mal eingeschoben, das ist doch die literarische Wiederherstellung der politischen Verhältnisse von damals! Und heute! Wir gehen über die Gruft eines im Alter zu dünnen, zwischen zwei Hüftknochen eingesunkenen Bauches, was ist das, Herr Becher, was ist das?! Das ist die Durchschreitung des tiefen Tales im Kampf gegen den bürgerlichen

Mief, wie er auch bis heute hochsteigt aus den Betten der 68er! Die Vögelei von damals fand im Dunkeln statt, wenn Sie verstehen, was ich meine! Dass es 2008, nach 40 Jahren, überall Sonderbeilagen gab über die Uschi – eine der unpolitischsten Frauen, die mir bisher begegnet sind –, dass die 68er-Bewegung in den verschiedenen Gazetten auf der Grundlage einer Uschi reinkarniert wurde, das erzwingt doch ein Aufgreifen des kollektiven deutschen politischen Bewusstseins – nämlich anhand einer Wanderung über eben diese Grundlage. Jetzt kapiert, Herr Becher? Jetzt kapiert?«

Zwecklos, dachte es in Dieter, absolut zwecklos. Der will dieses Buch schreiben, der steht mit dem Fuß so auf dem Gas, da gibt's kein Bremsen.

»Kapiert, Herr Cohn-Bendit, absolut kapiert.«

Was hatte er denn auch erwartet? Dass man ernsthaft einem Daniel Cohn-Bendit etwas ausreden konnte, was da in dessen Kopf schon Blüten – ach, Quatsch! – Schlingpflanzen trieb? Das war es ja gewesen, weswegen er unbedingt mit diesem Mann ein Buch hatte machen wollen, und ihm war auch schon zu Beginn klar gewesen, dass es kein herkömmlicher Reiseführer werden konnte mit ihm. Nun, und jetzt lag dem Verlag dieses Werk vor: Von Uschi Obermaiers trockenen Schienbeinen aus überquerte man die gedellten Oberschenkel Richtung Norden zu den altersfleckigen Händen und hatte zuvor schon jenen bereits beschriebenen Hügel bestiegen, bis man schlussendlich bei den vergrößerten Ohren sein Ziel erreichte. Jede Station verknüpft mit einer Entsprechung im politischen Leben von heute.

Vielleicht musste er ja auch nur sein Zaudern aufgeben und der Begeisterung Cohn-Bendits folgen? Wer schon immer der Leidenschaft dieses Mannes etwas hatte abgewinnen können, der ging doch vielleicht auch jetzt mit auf dessen große, zugegebenermaßen ungewöhnliche Reise. Aber wer würde denn auch – jetzt mal umgekehrt gefragt – mit Daniel Cohn-Bendit eine herkömmliche Reise machen? Wohin denn? Mit dem Mann ging es doch immer nur in neue Gegenden. Dank dieser

Überlegungen gelang es Dieter, sich zunehmend zu beruhigen. Jetzt wollte er einfach nur noch einen guten Wein mit dem Genießer Cohn-Bendit, der er ja schließlich auch war, trinken. Der Autor musste wissen, was er tat. Und der Verleger wollte das doch eh so haben, also konnte er getrost seinen Versuch aufgeben, dieses im nächsten Herbst erscheinende Buch etwas weniger, sagen wir, speziell ausfallen zu lassen.

Na denn prost, Herr Cohn-Bendit! Auf einen Kassenschlager!

INTERESSANT! Sabine hatte sich heute Morgen ein schönes Fresspaket mit Trüffelpastetchen, kleinen marinierten Hähnchenschenkeln, eingelegten Oliven und geschmorten Kalbsbäckchen gemacht, weil sie mal so richtig lange, bis ihre Beine sie nicht mehr tragen würden, von der Haustür aus losgehen wollte und dann mal sehen, wo man so auskam. Jetzt war sie bereits sieben Stunden Fußweg entfernt von ihrem schönen Himmelszuhause und immer noch nicht müde. Man hatte hier oben eine Power, das kriegte man unten nur mit einem Stamm von Personal-Trainern hin.

Und jetzt wurde die Landschaft langsam pflanzenlastiger. Am Wegrand schwang sich immer öfter ein vergnügtes Äffchen an Lianen von der einen auf die andere Seite, zwinkernde Kobras zischelten neben ihr durchs Gebüsch, und etwas weiter vorne konnte sie zwei heftig miteinander gestikulierende Erdmännchen beobachten.

Sie hatte sich, seit sie im Himmel wohnte, noch nie ernsthaft gefragt, wo eigentlich die ganzen verstorbenen Tiere abblieben. Das fiel ihr jetzt auf, als sie auf ihrem langen Spaziergang anscheinend die Tierwelt beziehungsweise den Tierhimmel entdeckte.

Zu Lebzeiten hatte sie als ausgesprochenes Stadtkind nie eine enge Beziehung zu Tieren aufgebaut, und bis auf ein Meerschweinchen, mit dem das Zusammenleben ein abruptes Ende gefunden hatte, hatte sie auch zu keiner Zeit mit Haustieren gelebt. Demzufolge bestaunte sie nun die verschiedenen Lebewesen, die hier ihren Weg kreuzten. Nein, deren Weg sie kreuzte. Es sah so aus, als hätten die Tiere hier das Gebietsrecht und sie war nur zu Besuch.

Ein freundlich nickendes Chamäleon ließ sich gerade vor ihrer Nase von einem Baum herunter, hui! Das hätte sie fast übersehen. Sie geriet kurz ins Stolpern und entschuldigte sich automatisch. Wie man das eben so intus hatte als Mensch mit Erziehung. Sie wollte sich innerlich gerade zurückpfeifen, dass es ja fast ein bisschen albern war, ein Tier in einem Wald anzusprechen, da sagte dieses Tier: »Ach, ist ja nichts passiert! Ich bin mal in einen Elefanten reingerattert, da hatte ich wirklich ein paar Tage Malaise mit den Halswirbeln!«

Sabine schaute sich um. Nein, tatsächlich, dieses Tier redete mit ihr. Lieber Patrick Swayze, ich kann mich mit Ihnen leider nicht unterhalten, aber geben Sie mir ein Chamäleon, das ist für mich überhaupt kein Ding.

Sabine rieb sich die angestrengte Stirn.

»Was ist?«, vernahm sie jetzt wieder das Chamäleon. »Ist unser kleines Gespräch schon in eine Sackgasse geraten?«

»Oh. Nein, ähm, Entschuldigung! Ich war nur etwas überrascht. Das ist mein erstes Gespräch mit einem Chamäleon.«

»Ach! Tatsächlich? Als Kind nie mal im Zoo gewesen? Nie mal mit einem von uns ein Pläuschchen gehalten? Oder vielleicht selbst eins zu Hause gehabt?«

»Nichts von alledem«, entschuldigte sich Sabine. »Ich hatte nur mal ein Meerschweinchen. Und das nicht sehr lange. Ich habe irgendwie nicht ganz tiergerecht mit ihm gespielt. Eine blöde Geschichte.«

»Na, jetzt aber nicht was anfangen und dann in der Luft stehen lassen. Jetzt will ich auch wissen, was da war!«, insistierte das Chamäleon.

»Ich komme da aber nicht sehr gut bei weg, mir tut das auch heute noch leid. Eigentlich war das die Idee von meinem Bruder. Der meinte, dass man doch am allerbesten mit einem Tier Zirkus spielen könnte. Weil da ja auch immer Tiernummern vorkommen und so. Und dann haben wir halt mit Kurti, so hieß unser Meerschweinchen, so eine Messerwerfernummer einstudiert. Das ging eigentlich auch ganz gut. Kurti hat sich immer schön gedreht auf der Dartscheibe von meinem Bruder, und ich hab immer extra danebengezielt. Nur, als wir das abends unseren Eltern vorführen wollten, da muss mich der Ehrgeiz gepackt haben. Und ich wollte halt auch nicht, dass mein Vater wieder davon anfängt, dass ich ja nix richtig mache, alles immer nur so halb. Na ja, und dann ist Kurti halt mit einem Messer im Bauch von der Dartplatte runtergeknallt. War direkt nichts mehr zu machen. Das war mein einziger Trost. Er hat nicht groß gelitten, weißt du. Und mein Vater natürlich: ›Bist du denn wahnsinnig! Da zielt man doch nicht echt auf so ein Tier! Das ist das letzte Tier, das du von uns bekommen hast!‹ Und so weiter und so fort.«

Das Chamäleon sah sie lange an. Dann schüttelte es den Kopf. »Pfui! … Absolut Pfui!! Noch mal: Pfui! Was bist du für ein schlimmes Arschloch! Du hast dem Meerschweinchen echt das Messer in den Bauch gerammt?! Und jetzt stellst du dich hier hin und posaunst das in der Gegend rum??«

»Moment mal! *Du* wolltest das doch wissen, ich wollte die Geschichte doch gar nicht erzählen! Jetzt komm mir mal nicht so!«

»So? Wie komm ich dir denn?! Ich halte es durchaus für angemessen, wenn ich an dieser unappetitlichen Geschichte hängen bleibe und nicht eben applaudiere! Abgesehen davon kann ich mit meinen Gliedmaßen auch gar nicht applaudieren. Das jetzt mal in Klammern. Aber was du da getan hast, danach kann man nicht einfach zur Tagesordnung übergehen, das will ich dir mal klipp und klar sagen! Da ist ein Lebewesen bei umgekommen!«

Liebend gerne hätte Sabine mit ihrem Picknickmesser diesem Moralapostel auf die Gurgel gezielt. Diese Tiergegend schien nicht so das Richtige für sie zu sein. »Dann würde ich sagen, geh ich mal weiter. Wir zwei kommen wohl nicht auffallend gut miteinander zurecht.«

»Ja, hau bloß ab, du! Du miese Messerwerferin! Und wenn ich dich hier noch länger rumstreifen seh, dann sag ich mal ein paar von meinen Freunden Bescheid. Für die bist du ein kleiner Happs, das kann ich dir aber sagen!«

Aha. Anders als im himmlischen Menschenreich, bestand die Rachlust hier also ungemindert fort. Dieses Chamäleon war ja wirklich in null Komma nix auf 200 gewesen! Wie würde das eigentlich genau ablaufen, wenn sie jetzt hier im Himmel noch mal umgebracht würde? Sehr bereitwillig trat Sabine den Rückzug an. Hier würde sie keinesfalls noch eine kleine Rast einlegen und das letzte Hühnerbeinchen verspeisen! Oh, das würde mit Sicherheit noch schlechter ankommen, wenn sie hier nun auch noch lecker zubereitete Tierteile aus der Tasche holte! Da hörte sie hinter sich eine Stimme: »Na? Sabine? Was riech ich denn da? Immer noch eine Vorliebe für Tiergebein?«

Ganz langsam drehte sich Sabine um.

Ihr wurde schlagartig schlecht. Kurti stand da, die Vorderbeine in die Hüften gestemmt, mit dem rechten Hinterfüßchen auf den Waldboden tippend.

»Und kannst du mir mal sagen, was das sollte, damals?!«

Wie ein gejagtes Tier wetzte Sabine los. Sie wollte keinem Tier mehr irgendetwas erklären, sie wollte mit gar keinem Tier mehr sprechen, sie wollte nie wieder in die Nähe eines Tieres geraten!

DIETER LAG gemütlich auf dem Sofa. Heute hatte er sein Büro deutlich früher verlassen, weil er gestern Abend bis in die Nacht hinein ebendort die Kalkulation für den Herbst des kommenden Jahres erstellt hatte. Der Cohn-Bendit wurde natürlich sehr teuer.

Bettina war noch nicht zu Hause, aber der Zustand ihrer jungen Beziehung erlaubte es bereits, dass Dieter den Schlüssel zu ihrer Wohnung besaß. Ihm gefiel es, wie Bettina sich eingerichtet hatte. Nicht so ein Prinzessinnenstübchen, wie das alleinlebende Damen manchmal so gerne mochten, sondern geschmacksicher und eher nüchtern mit einer persönlichen Note allein durch die vielen Bücher, die überall herumlagen und -standen. Auf dem Sofa liegend hatte man zum Beispiel den Blick frei auf eine ganze Bücherwand, die eine kultivierte Gemütlichkeit ausstrahlte. Ach, ihm ging es richtig gut! Das war unter anderem daran zu ersehen, in welchen Zustand er das Wohnzimmer in der vergangenen Stunde versetzt hatte. Vor dem Sofa auf dem Boden lagen mehrere Staffeln SOPRANOS, alle geöffnet, weil er sich den Spaß machte, die Folgen kreuz und quer zu gucken, schließlich kannte er die meisten noch aus der Zeit, als ein paar davon mal im Fernsehen gelaufen waren. Seine Schuhe hatte er auf dem Weg von der Tür ins Zimmerinnere abgestreift, die Zeitung, die er zunächst noch überflogen hatte, verteilte sich mittlerweile großzügig über den Ecksessel. Auf dem Tisch stand eine Packung Vollmilch, die er geleert hatte und neben der sich mehrere Papiere von Schokoriegeln auftürmten.

Gerade musste er über dem Besuch von Tony bei seiner Psychiaterin eingenickt sein, da hörte er die Wohnungstür ins Schloss fallen. Hmmm, da kam seine Freundin. Und aus dem Begrüßungskuss plante er eine größere Aktion zu machen … Vorne mittig unten zuckte es schon. Aber was war denn jetzt? Es blieb so ruhig in der Wohnung. »Bettina?« Dieter schälte sich aus dem warmgelegenen Sofapolster und ging in die Diele, wo er mit den Zehen des rechten Fußes schmerzhaft gegen seinen Laptop stieß, den er anscheinend beim Nachhausekommen dort hatte stehen lassen. Er suchte Bettina im Bad, wo er nur seine Anzughose fand, die er über den Badewannenrand gelegt hatte, als er in seine Jeans gewechselt war. In der Küche und im Schlafzimmer wurde er ebenso wenig fündig. Bettina war gar nicht hier. Aber er hatte doch die Tür gehört, davon war er schließlich wach geworden. Wieder im Wohnzimmer angekommen, fand er einen Zettel auf dem Tisch, den er eben übersehen haben musste: »Glaubst du, dir reicht eine Stunde zum Aufräumen? Bin gegenüber im Café.«

Das war der ganze Text. Also hatte er tatsächlich die Tür gehört, aber erst die, die sich hinter Bettina schloss, als sie wieder ging.

So. Wie fand er das jetzt?

Fand er sich selbst peinlich, weil er sich wie ein sackkratzender Horst mit allen Accessoires in Bettinas Wohnung breitgemacht hatte? Oder fand er sie kleinlich, weil sie eine klinisch saubere Wohnung der sinnlichen Genusswelt vorzog? Seine Erinnerung sorgte dafür, dass er jetzt die schnarrende Stimme von Sabine hörte – immer wenn sie gemeckert hatte, war sie schnarrig geworden, furchtbar! – : »Sag mal, wieso soll ich mich eigentlich immer an deine Unordnung gewöhnen, weil das ein Zeichen von deiner irren Lockerheit ist?! Wieso gewöhnst du dich nicht an meine Ordnung, weil das ein Zeichen von Kultiviertheit ist?!«

Man sollte die Finger davon lassen. Von dem Ganzen. Das war ja gruselig. Hier stand er in Bettinas Wohnung, von ihm verwüstet – oder eben wohnlicher gemacht – und vor derselben

Frage, die sich schon mit Sabine gestellt hatte. Wie sollte man sich denselben Wohnraum teilen, wenn man ihn doch so unterschiedlich empfand? Wie sollte ein Zusammenleben zweier Menschen funktionieren, von denen der eine die Berge, der andere das Meer vorzog? Sollte jemand mit Locken zu jemandem mit glattem Haar überhaupt näher in Kontakt treten?

Und ganz aktuell: Machte er sich jetzt zum Waschlappen, wenn er brav auf Bettinas schriftliche Aufforderung hin den Urzustand der Bude wiederherstellte, oder war es kindisch, sich darüber hinwegzusetzen? Wie ging das jetzt mit dem Respekt? Oh Mann, wollte er sich das wirklich alles noch mal von Neuem antun?

Da hörte er abermals die Tür gehen. Bettina back in hell. Und er hatte nicht einen Handschlag getan. Und noch viel schlimmer: nicht mal eine Meinung dazu.

Bettina kam mit ihrem lausbübischen Gesicht auf ihn zu, küsste ihn und sagte: »Da drüben war's mir zu voll, die trinken da alle grade ihr Feierabendbier und ...« – sie ließ ihren Blick kreisen – »na siehste, ging doch ganz schnell, ist doch viel schöner, wenn nicht in jeder Ecke was rumfliegt!«

»Da haste recht, nur der Müll und die Zeitung und die DVDs und meine Schuhe, der Laptop im Flur und im Bad meine Hose, da bin ich noch nicht zu gekommen.« Dieter ging äußerst zeitnah auf Bettinas Worte ein, das Tempo kannte er gar nicht von sich. Er hatte bei Sabine immer nur so verärgerte Drucks-Geräusche hergestellt, das hatte aber nie zu einem ganzen Satz gereicht. Sowieso hatte sich in ihm, während sie eine Menge Text bediente, stets eine Lähmung des Gehirns ausgebreitet, nur noch Fußballergebnisse waren abrufbar, und manchmal hatte er erst Stunden später gewusst, wie er hätte reagieren sollen. Und er hatte es gehasst, wie ausgescholten vor ihr zu stehen! Aber hier jetzt mit Bettina tat sein Hirn den Dienst, ihr zu antworten. Man sollte doch nicht die Finger davon lassen, von dem Ganzen.

Es wurde dann noch ein recht vergnügliches Schäferstündchen.

SABINE BEUGTE SICH über ihr jüngstes Werk. Daran hatte sie jetzt sieben Tage gearbeitet. Mit dem Ergebnis war sie sehr zufrieden. Sie hatte den Eindruck, dass sie immer besser wurde, immer mutiger, immer eindeutiger. Ihrem Ziel, einer Ausstellung mit diesen Arbeiten, rückte sie beinahe täglich näher. Mittlerweile konnte sie sich sogar sehr gut vorstellen, dass es nicht wenige Besucher für eine Vernissage mit dem Thema: »Der Bauch – unsere einzige Mitte« geben würde. Elf Bäuche hatte sie in den vergangenen Wochen gemalt, modelliert, und für ein Bild – ihr Lieblingsstück – hatte sie ihren eigenen Bauch mit Lehm beschmiert und den originalgroßen Abdruck dann noch in sechs Rottönen eingefärbt. »Roter Bauch« hatte sie sich dafür überlegt. Hier stand sie also vor einem realen Beispiel dafür, was tatsächlich in sieben Tagen auf die Beine zu stellen war. Das war das Maximum. Alles andere war Angeberei.

Vor ihrem OP-Termin bei Lars Einmann hatte sie im mondän eingerichteten Wartezimmer eine Life-Balance-Beraterin aus Bochum kennengelernt. Mit ihr war sie augenblicklich sehr intensiv ins Gespräch gekommen. Diese Dame war mit 48 Jahren durch ein blödes Missgeschick verstorben, mehr wollte sie dazu nicht ausführen; zuvor hatte sie als oben erwähnte Beraterin in eigener Praxis gearbeitet. Ihre leidenschaftlichen Ausführungen darüber, wie befreiend es sei, sich zu »versinnlichen«, zu »entkopfen«, sich in gewissem Sinne ganz neu zu »verkörpern« und somit eins zu werden mit sich, seinem Körper und irgendwie total mit allem, diese Ausführungen gerieten für Sabines Geschmack doch einen Hauch zu entfesselt. Waren aber selbst in abgespeckter Form noch sehr verlockend. Beate Jörgens, so der Name der total mit sich einsen Dame, hatte Sabine es also zu verdanken, dass sie sich in die kreative Auseinandersetzung mit dem Thema »Bauch« begeben hatte und dazu gekommen war, sich mit dem ihren in seiner heutigen Gestalt auszusöhnen. Sie hatte nämlich stark damit gehadert, dass erst Dr. Marzahn und später noch einmal Herr Einmann, zwei ja doch fremde Männer, sich jeweils auf ihrem Bauch sichtbar verewigt hatten. Ihrer Gesprächspartnerin wiederum war es schon vor dem zweiten Eingriff gelungen, ihr in der relativ kurzen Zeit im Warteraum einen Zugang zur Körperarbeit durch Malerei zu verschaffen. Sabine erfuhr von ihr, dass sie selbst vor einigen Jahren bei einer etwas härteren Auseinandersetzung mit einer Freundin einen Schneidezahn eingebüßt und diesen Verlust dann bearbeitet hatte mit einer Fotoreihe zum Thema »Bissfest«. Dafür hatte sie vierhundert verschiedene Aufnahmen von ihrem Gebiss nach dem Malheur als Fotoreportage mit wunderschönen Texten bei einem kleinen Psychologie-Verlag herausgebracht, war damit direkt in der ersten Woche auf Platz sieben der Spiegel-Bestsellerliste eingestiegen und hatte dann von dem Honorar die Ausbildung zur Life-Balance-Beraterin in Bad Driburg machen können und darüber hinaus bis heute auch noch einen ordentlichen Betrag übrig.

Durch ihre Malerei und die bildende Arbeit an verschiedenen Bauchmodellagen war für Sabine der Vorteil einer unverwechselbaren Vorderansicht regelrecht greifbar geworden. Für manche ihrer Werke hatte sie sogar mit einer Art Keramik ihre Narbe von vor der Korrektur durch Herrn Einmann noch einmal nachgebildet, denn sie musste feststellen, dass das die aufregenderen Arbeiten waren. Lag hier nicht der Schluss nahe, dass ein glatter Bauch bei längerer Betrachtung ermüdend wirkte? Bei jedem gleich aussah? Keinerlei Geschichten zu erzählen hatte?

Mit diesen Stücken wollte Sabine jetzt erst einmal alleine debütieren, für eine eventuelle Fortsetzung aber hatte sie sich schon mit Beate Jörgens darüber verständigt, dann gemeinsam an Kunstinteressierte heranzutreten. Vielleicht würden sie eine Galerie eröffnen, Räume fand man hier oben sehr leicht, und dann noch Arbeiten anderer Kreativer dazu ausstellen. Voraussetzung für die bei ihnen Ausstellenden sollte jedenfalls sein, dass sie alle ihre eigenen Blessuren und körperlichen Mängel zum Thema ihrer Arbeiten machten.

Wenn man sich bei verschiedenen Treffen mal so umhörte, fiel diese Idee durchaus auf fruchtbaren Boden. Ein Mann zum Beispiel, Richard, mit einer genetisch bedingt fehlenden Augenbraue, hatte von der anderen mehrere sehr schöne Drucke angefertigt und freute sich auf die Gelegenheit, sie auch einmal einer größeren Öffentlichkeit zugänglich zu machen.

Es lohnte sich absolut, auch im Himmel sein Schicksal in die Hand zu nehmen.

WENN MICH JETZT EINER SIEHT, der mich kennt, dann kann ich einpacken, dachte Dieter, während er an einer langen Leine geführt auf Romina seine Runden drehte. Bettina, die als Kind geritten war und das Reiten auch heute noch, wenn sich die Gelegenheit bot, allen anderen Fortbewegungsarten vorzog, hatte sich für ihn zu Nikolaus etwas ganz Tolles ausgedacht. Fand sie.

Sie hatte ihn in einem Reitstall zu einem viermaligen Anfänger-Adventsreiten angemeldet, und so saß er nun auf einer Stute, die so ruhig war, dass sie ansonsten für Therapeutisches Reiten genutzt wurde. Wenn nicht irgendwelche erwachsene Deppen sich am Wochenende mit ihren schiefen Knochen auf sie draufhievten, die mal eine Idee von Bonanza kriegen wollten. Oder sollten, wenn es ein unerbetenes Geschenk war, wie in Dieters Fall. Vor ihm schob sich ein Wallach, kurz vorm Einschlafen, mit einer übergewichtigen, kichernden Dame durch die Halle, hinter ihm ein bockiges Etwas mit einem bockigen Etwas oben drauf. Von dort erwartete Dieter jeden Moment einen rüden Zusammenstoß mit dem Heck seiner Romina, die stoisch und unbeeindruckt von der Drängelei durch Hector, so hieß der Störrische hinter ihr, ihre Kreise zog.

Wenn er nach links in die Runde sah, entdeckte er gegenüber eine Frau, die unglücklicherweise ihrem Pferd sehr ähnlich sah. Störrische lange Haare, die ihr langes Gesicht sehr schwer einrahmten, viele, beinahe zu viele, große Zähne, die sich alle vorn im Gebiss drängelten. Diese Dame allerdings machte auf ihrem Gaul die beste Figur von allen. Zum ersten Mal saß die bestimmt nicht auf so einem Vierbeiner. Vielleicht war es ja Familie? Dieter pfiff sich innerlich zurück, entschuldigte den hässlichen Gedanken aber direkt wieder damit, dass sie selbst solche Assoziationen ja nahelegte.

Der kleinwüchsige Jockey in der Mitte der illustren Runde, der sie alle an der Leine, Lasso, Longe – wie hieß denn dieses entwürdigende Werkzeug?! – führte, ging hinter seiner Stirn die Einkaufsliste für die Weihnachtsgeschenke durch, zumindest erzählte dieses Gesicht von Abwesenheit. Was wäre, wenn seine Romina jetzt plante, ihn abzuwerfen? Das würde doch dann sehr wehtun, und würde das den Reittrainer oder wie man den sich um seine Achse drehenden Herrn nannte, dann endlich auf den Plan rufen?

Bettina war Gott sei Dank einen Kaffee trinken gegangen, und zwar außerhalb des Geländes. Darauf hatte Dieter bestanden. Er war keiner der Partner, die man irgendwo abgab und denen man dann dabei zuschaute, wie die Betreuungsperson sich mit ihnen abmühte. Solche Szenen waren ja gern in Herrenbekleidungsabteilungen zu beobachten, wenn Frauen ihre Männer neu einkleideten. Derartige Mutter-Sohn-Anleihen sollte es bei ihnen von Beginn an nicht geben, die paar Situationen diesbezüglich mit Sabine hatten gereicht. Wiederholungen waren für Dieter strikt verboten. Oberhalb der Halle gab es nämlich einen Cafébereich für wartende Eltern, die dann durch eine Glasfront ihren mehr oder weniger hoffnungsvollen Nachwuchs im Auge behalten konnten. Heute saßen da tatsächlich die übrig gebliebenen Lebensgefährten und -innen, und die Vorstellung, dass die sich da oben nun auch noch miteinander darüber austauschten, wie sich die einzelnen Teilnehmer auf dem fremden Element machten, verursachte Dieter Übelkeit. Man konnte doch nicht wieder als Mann und Frau miteinander nach Hause gehen, wenn man vorher in einer einzigen Stunde den gesamten Respekt vor dem anderen aufgegeben hatte! Und hierbei zuzugucken ging automatisch einher mit nicht aufzuhaltendem Respektverlust. Ging nicht anders.

In fünf Minuten war die Stunde rum, und er würde Bettina

leider mitteilen müssen, dass er für derlei Überraschungen nur noch schwer ein weiteres Mal zu gewinnen wäre. Der Aufenthalt auf Romina hatte ihm überhaupt keine positiven Empfindungen abgerungen, ganz zu schweigen von der absurden An-Leine-im-Kreis-Geschichte.

Die schrille Stimme des Trainers, der das Ende der Stunde bekannt gab, riss Dieter aus seinen Gedanken, und er ließ sich mithilfe eines Mädchens, das abberufen worden war, den Ungeschicktesten vom Pferd zu helfen, nun irgendwie von diesem großen Tier gleiten. Zeitgleich mit Bettina kam er am Ausgang an, und sie empfing ihn mit einem Strahlen: »Und, John, wie war deine erste Reitstunde?« Beide Arme hatte sie um ihn geschlungen und sah ihn nun mit der kindlichen Hoffnung an, dass man da mit ihrer Hilfe etwas Tolles entdeckt hatte.

Dieter erwiderte ihre Umarmung: »Klasse! Wirklich klasse, meine Süße! Also so ein Pferd, das ist ja wirklich eine tolle Erfahrung!«

SABINE SASS in einer Runde von sieben netten Leuten bei Anja Schaller, einer kürzlich zugezogenen Nachbarin. Beate und sie hatten ihren Plan einer eigenen Galerie tatsächlich weiter verfolgt und bereits vier Frauen und einen Mann gefunden, die sich daran engagiert beteiligen wollten. Sie tranken leckeren Wein, aßen kleine Häppchen, die Anja beim Himmelscaterer bestellt hatte, und besprachen sich nun im Detail. Da zwei Raucherinnen unter ihnen waren, hatte Anja irgendwann die Terrassentür geöffnet, durch die es angenehm frisch hereinwehte. Und durch die nun jemand den Raum betrat, der erst einmal so nicht dahin gehörte. Sieben erstaunte Augenpaare verfolgten die ungelenken Bewegungen eines Astronauten, der plötzlich vor ihnen stand.

»Entschuldigung«, hörten sie undeutlich durch das kastenförmige Gebilde hindurch, das er auf dem Kopf trug. »Das ist doch nicht der Mond hier, oder?«

»Hui! Der Mond! Das ist aber eine ganz andere Ecke!«, antwortete ihm Anja.

»Nee, Anja, so weit ist das gar nicht«, schaltete sich Richard ein. »Das ist, wenn du jetzt hier rauskommst, gleich links, und dann biste doch beim Andreas ...«

»Andreas?«

»Der auf der letzten Ankömmlingsparty die Begrüßungsansprache gehalten hat.«

»Der geheult hat, weil sein Marathonkumpel wieder nicht dabei war.«

»Genau der. Und wenn du dich beim Andreas rechts hältst,

kommste doch an dieser Riesenkonzerthalle vorbei. Da wieder links und noch mal links, da biste beim Mond. Mein ich.«

»Das ist aber noch ein ganzes Stück, vertu dich da mal nicht.« Sonja schüttelte den Kopf.

»Okay, da biste nicht unbedingt in zehn Minuten, aber 'ne ganz andere Ecke ist es nicht, so wie Anja gesagt hat.«

Während die Anwesenden noch darum rangen, wo denn nun der Mond genau sei, hob der Astronaut, Markus, wie sie später erfahren sollten, seinen Kopfschutz herunter und gab einen wilden roten Lockenkopf und dunkelbraune Augen zur Ansicht frei. Und plötzlich veränderte sich die Atmosphäre im Raum. Sabines und sein Blick trafen magisch aufeinander, und wer aufmerksam genug war, konnte ein leises »plingplong« von der Zimmerdecke tönen hören.

Markus' Bewegungen verliefen in Zeitlupentempo, und Sabine verfolgte jede seiner Regungen mit lautem Herzklopfen. Beide konnten den Blick nicht mehr voneinander abwenden, und Sabine bemerkte, dass Markus ihr dabei zusah, wie sie mit der Zunge ihre trockenen Lippen befeuchten musste.

Im selben Moment war der Raum für alle hörbar erfüllt mit Geigen und allen Streichern, die es so gab. Ein 80-köpfiges Orchester baute sich aus dem Nichts im Raum auf und erfüllte ihn mit ohrenbetäubenden Klängen, die Mozart für eben solche Zwecke geschrieben hatte. Jetzt ging die Tür auf, und Wolfgang Amadeus selbst erschien im Zimmer, um die Dirigentenrolle zu übernehmen.

Eine unglaubliche, eine unwirkliche Situation! Alle, wie sie da waren, hatten sich nun diesem großen Musikereignis zugewandt, lauschten hingerissen, und jeder schien eine Ausschüttung sämtlicher Glücksbotenstoffe zu erleben.

Nur für zwei Menschen im Raum ging die Entwicklung in eine ganz andere Richtung. Astronaut Markus und Körperkünstlerin Sabine waren von dem Event derart überfallen worden, dass ihre Gefühle füreinander, die ja gerade mal vor ein paar Sekunden aufgekeimt waren, von den losgeflammten 80 Mann wie unter Springerstiefeln plattgemacht wurden. Als die Sopranistin anhob, »Bei Männern, welche Liebe fühlen« aus Mozarts Zauberflöte zu singen, schauten Sabine und Markus einander an und zuckten bedauernd mit den Schultern. Im wahrsten Sinne des Wortes vergeigt das Ganze. Derart monumental mit auf die Reise genommen zu werden, die man gerade erst selbst zu realisieren begann, das war zu viel für das Tempo der Protagonisten. Die Musik hatte in ihrer Eindeutigkeit die Wirkung, als hätte ein Chemiker allen Anwesenden die körperlichen Reflexe eines jeden Menschen beim erstem Blickkontakt beschrieben und dazu erklärt, wie genau die ersten Sekunden des Verliebens chemisch zu entziffern seien.

Tja, jetzt hatte es für einen Moment so ausgesehen, als wäre Sabine am Ziel ihrer Träume angekommen, als wäre sie endlich dem Mann begegnet, der mehr für sie hätte werden können, da konnte man mit gleichem »plingplong« hören, wie die Traumblase zerplatzte. Einfach einen Tacken drüber. Sabine wurde richtig sauer, während alle sich da im Takt wiegten. Wenn man in Liebesdingen so auf die Zwölf haute, das war doch was für die ganz Doofen ... das war doch wie ... das war doch ... wie wenn man in dem Kiosk einbricht, über dem man wohnt! – ach, Sabine war einfach bedient, verließ den Raum und bekam auch nicht mehr mit, wie das Orchester nach 160 Minuten die Instrumente wieder einpackte, sich freundlich verabschiedete, man Markus noch einmal den Weg zum Mond erklärte und die ganze Runde sich auflöste.

DIETER SASS mit Bettina und seiner Mutter im Restaurant. Es war das nachgeholte Geburtstagsgeschenk Dieters an seine Mutter, weil er, als sie Geburtstag hatte, für zwei Tage mit Bettina zu einer Weinprobe ins Elsass verreist gewesen war. Diese Tatsache hatte zu leichten diplomatischen Verstimmungen geführt, und Dieter wollte diese nun ausräumen, indem er seine Mutter in einen Laden ausführte, aus dem man schon nach der Vorspeise nicht unter 400 Euro rausging.

Sein Vater, der stets Pflegeleichte, hatte sich weder über die Abwesenheit des Sohnes bei Mutters Geburtstag erbost noch war er jetzt verärgert, dass sie den Nachholtermin aufrechterhielten, obwohl er gerade mit einem fiebrigen Infekt darniederlag.

Das rechnete sich finanziell natürlich trotzdem nicht, weil Dieter normalerweise mit einer gebundenen Neuerscheinung von Paolo Coelho zu ihrem Festtag angetreten wäre, womit, ein paar Blümchen dazu, die ganze Sause circa 50 Euro gekostet hätte, aber Söhne hatten nicht gerne über einen längeren Zeitraum mit verspannten Müttern zu tun, und so war es ihm das heute wert, zumal ja auch er auf diesem Wege ein exzellentes Mahl bekam und seine Liebste an seiner Seite sitzen hatte.

Seitdem sie als Gasthörerin an Psychologieseminaren teilnahm, hatte sich seine Mutter zunehmend in Richtung »Powerfrau« gebrasselt. Ihre Haare trug sie nun in einem mahagoniroten Ton und kombinierte dazu das klassische »Powerfrauen«-Outfit: rot-orangefarbene, wahlweise kiwigrüne Röcke, Mäntel, Jacken, gerne Filz mit angedeutetem Handmade-Look, dazu ganz tolle Tücher in den entsprechenden Farben oben um den Hals oder die Schulter. Sie hätte sich so ohne Zweifel als Leiterin eines Frauenhauses in Berlin bewerben können und wäre sofort genommen worden, obwohl von Haus aus Architektin ohne Berufserfahrung.

Den asymmetrischen Haarschnitt ließ sie momentan wieder beiwachsen, bis vor einigen Wochen hatte sie das linke Ohr frei gehabt, das rechte unter vollem Haar.

Gerade erzählte sie Bettina und Dieter begeistert von den Gesangsstunden, die sie sich seit einem halben Jahr gönnte. Ihr Traum war ein eigenes Chansonprogramm in einem kleinen Theater mit einem Pianisten, der auch jetzt immer beim Unterricht dabei war und ihr schon eine überwältigende Stimme bescheinigt hatte.

»Also, er meinte, dass ich in wenigen Monaten so weit wäre, für einen kleinen Probeauftritt!« Christa beugte sich über den Tisch zu ihren Zuhörern und fuhr raunend fort: »Der muss ja dann wohl wirklich ganz stark an mich glauben, so was meinte er letztens nämlich auch, dass er wohl ganz selten mal in so kurzer Zeit solche Fortschritte sieht. Sabine, gibst du mir bitte mal das Brot?«

»Bettina«, sagte Bettina und reichte den Korb über den Tisch.

»Was?«

»Bettina.«

»Ja wie: Bettina?«

»Ich heiße Bettina, nicht Sabine.«

»Und warum sagst du mir das jetzt? Wo ich gerade von was vollkommen anderem dran bin?«

»Entschuldige, aber du hattest mich mit dem Namen Sabine aufgefordert, dir das Brot zu reichen, und ich habe dazu einfach mal meinen richtigen Namen ins Spiel gebracht: Bettina.«

»Ach du liebe Güte, eine ganz Empfindliche! Mein Gott, da gibt man einfach das Brot rüber und fertig aus! Als ob ich dich ernsthaft mit Sabine verwechseln würde! Wie blöd ist das denn? Die Sabine hatte was ganz … ganz … wie soll man das sagen,

Dieter, du kanntest sie ja am besten von uns! Na ja, sie war einfach eine ganz Besondere.«

»Könnten die Damen sich darauf verständigen, das Thema zu wechseln?«, meldete sich Dieter zu Wort.

»Oh, mein Junge! Verstorbene zu tabuisieren ist psychologisch absolut gefährlich, also, wenn man jetzt schon in kleinster Runde nicht mehr über Sabine sprechen darf, dann seh ich aber schwarz für dich und letztlich für euch. Das kann nämlich auch für eure Beziehung nicht gut sein, wenn ihr die Sabine da ausklammern wollt! Und Bettina, mit Sicherheit hast du auch was ganz Eigenes, sonst würde dich doch Dieter nicht so mögen. Ich brauch nur halt was länger dafür, das zu bemerken, dafür war Sabine auch einfach zu … zu … weiß ich jetzt auch nicht, hahaha, verstehst du, was ich meine, hahaha! Aber wir hatten doch einen ganz guten Start, oder auf einmal doch nicht? Meine Güte, seid ihr jungen Leute kompliziert, da wird ja jedes Wort auf die Goldwaage gelegt! Also, ich hatte den Eindruck, dass ich es dir ja nun weiß Gott nicht schwer gemacht habe. Aber bitte, das muss ja nun jeder für sich selber entscheiden.«

Dieter schaute zu Bettina. Er hatte eine ziemlich genaue Vorstellung von ihrem Innenleben in Reaktion auf Mutters Worte. Sie hatte seit ihrer letzten Wortmeldung einfach ruhig weitergeatmet und abgewartet. Seit Beginn des Kontaktes zu Dieters Mutter war sie sich nicht schlüssig, ob sie diese Frau mal richtig mögen würde oder ob ein gewisser Dauerabstand nicht eher ratsam wäre, das hatte sie ihm gegenüber schon mehrfach erwähnt. Bettina konnte Dieter seine Mutter recht genau beschreiben: Einerseits war mit ihr schnell ins Gespräch zu kommen, sie verströmte keine Atmosphäre von Skepsis beim Kennenlernen, was ja angenehm war, aber je öfter man mit Christa zu tun bekam, desto offensichtlicher wurde ihr Lieblingsthema: Christa.

Die Mutter des Mannes, in den Bettina sich ernsthaft verliebt hatte, saß nun schmallippig da und starrte auf ihren Teller.

»Nein, nein, Christa, alles in Ordnung. Ich hätte eben besser gar nichts gesagt«, lenkte Bettina ein und schien das wirklich sehr ernst zu meinen. Hätte sie doch eben einfach die Klappe gehalten und wäre einen Satz lang phonetisch Sabine gewesen! Dieter hörte sie gedanklich förmlich mit den Zähnen knirschen. Durch diese quälte sie jetzt abschließend:

»Ich weiß das sehr zu schätzen, wie einfach es mit dir ist.« Die ersten beiden Sätze waren ehrlich, der zweite gelogen, mit dieser Bilanz konnte Bettina leben, das wusste Dieter, wenn da jetzt nicht noch mehr Text hinzukäme. Manchmal sprach der Mund ja durchaus weiter, in Zusammenarbeit mit einem rotierenden Hirn, während man selbst aber längst schon rauswollte aus dem Geschehen. Dann wurde man sein eigener peinlich berührter Zuhörer und staunte, was man aus dem ausgereizten Thema noch so alles rausholte. Dass das jetzt nicht passierte, dafür würde Dieter nun sorgen, der deutlich spürte, dass er sich endlich mal wieder ins Gespräch einmischen musste:

»Ja, und, also dieser Mann am Klavier da, der hat dir also gesagt, dass du eine echt gute Sängerin bist?«

»Jaja! Aber ja nicht nur der, mein Gesangslehrer scheint auch hin und weg zu sein, der schließt oft die Augen, wenn ich singe, und das macht man ja bekannterweise bei Genuss. Wenn ich mal so verwegen sein darf, hahaha! Gefragt hab ich ihn natürlich noch nicht, was das zu bedeuten hat, hahaha!«, stieg seine Mutter sofort wieder um. »Ja, und der meinte halt auch, dass er sich bei mir absolut einen Brel-Abend vorstellen könnte.«

»Toll! Das ist wirklich toll! Auch, dass du jetzt etwas gefunden hast, mit dem du so glücklich bist. Der Verlust eines Sohnes, also, wenn der Sohn auszieht, da muss eine Mutter sich ja auch erst mal wieder neu sortieren, ne?«, ging Bettina, vermutlich innerlich seufzend, darauf ein.

»Ach, Gott, ja, mit den Jahren übt man das Loslassen aber auch, und ich glaub, da kann der Dieter sich über seine Mama nun wirklich nicht beklagen, ich hab meinem Jungen immer eine sehr lange Leine gelassen, was, Dieter?«

Jetzt wurde Dieter plötzlich sein Stuhl zu unbequem, vielleicht stimmten ja auch Stuhl- und Tischhöhe nicht richtig überein, er wurde jedenfalls etwas unruhig. Er war froh, dass die Uhrzeit es erlaubte, endlich die Rechnung zu bestellen.

SABINE WAR SELIG.

Diesmal lag sie mit dem Kopf an der richtigen Schulter. Das sagten ihr ihr Herz, ihr Körper, ihr Geist, einfach alles in ihr jubelte. Sie war angekommen.

Der Typ sah atemberaubend aus, er hatte dichtes Haar, ein schön geschnittenes Gesicht, einen tollen, trainierten Körper, nicht zu viel und nicht zu wenig, er hatte einen geilen Humor und zudem, so wie es sich darstellte, eine angenehme Routine in der Befriedigung einer Dame. Unbeholfen konnte man ihn im Umgang mit ihr nun wirklich nicht nennen. Sie staunte. Ging man doch normalerweise immer davon aus, dass eine Frau gerne die Lüge aufgetischt bekam, dass sie quasi die Erste, also die *eigentlich* Erste für den jeweiligen Mann war, da nahm sie sich selbst nicht aus, so musste sie nun feststellen, dass neben der Erstmaligkeit, die sie ja miteinander hatten, seine Erfahrung auf dem Gebiet für sie zu einem großen Genuss führte.

Nur seine Stimme war scheiße.

Mit der richtete er sich jetzt an sie: »Du, Sabine, ich möchte dich um was bitten: Bitte binde dich nicht zu stark an mich. Ich weiß, wir haben eine echt geile Verbindung, du bist wirklich einsame Spitze, aber du solltest nicht zu sehr auf eine Zukunft mit mir setzen. Das hat einen speziellen Grund.«

Sabine explodierte in derselben Sekunde. Nachdem sie sich so lange Hoffnungen auf Jens, das Phlegma, gemacht hatte, dann diese nicht enden wollende Durststrecke erduldet hatte, dann auf die Hindernisse durch simple Sprachschwierigkeiten gestoßen war, wollte sie jetzt von niemandem mehr etwas über irgendwelche Einschränkungen hören. Ihr reichte es.

»Ach, ja?! Hat es wenigstens einen Grund, dass du dich schon wieder verabschieden willst?! Na, dann ist ja alles dufte, es hat einen Grund, super! Nur ohne Grund hätte ich das etwas doof gefunden, wenn so eine Supergeschichte wie unsere gerade schon wieder die Luft verliert. Aber mit Grund: kein Problem, dann ist ja alles bingo. Du Arschloch!«

»Sabine, ich weiß, das klingt alles ganz übel und ich zerbreche mir dauernd den Kopf, wie es anders gehen könnte, aber es ist nun mal so.«

»Hä?! Ich verstehe kein Wort!«, ätzte Sabine zurück. »Es ist nun mal so«, äffte sie ihn nach. »Was ist nun mal so?! Darf ich das bitte noch erfahren? Was ist wie, verdammt noch mal?!«

»Ich werde nicht sehr lange hier sein.«

»Wie?? Nicht sehr lange wo sein? Wo zieht's dich denn hin??«

»Sabine. Ich werde nicht sehr lange hier oben sein. Ich bin nur zu Recherchezwecken hier. Für meinen neuen Film. Nach ›Knockin' on heaven's door‹ hab ich immer davon geträumt, mal eine Geschichte zu machen, die ganz im Himmel spielt. Ich hab aber all die Jahre nie eine Genehmigung für einen Anschauungsbesuch gekriegt. Dann kamen ›Keinohrhasen‹, ›Zweiohrküken‹ und ich war erst mal bis über beide Ohren vollkommen dicht. Und jetzt hab ich über das Goethe-Institut ein Stipendium hier oben bekommen. Ich muss innerhalb von drei Monaten meine komplette Recherche abgeschlossen haben, weil dann die Zeit hier für mich abgelaufen ist. Danach komm ich nur durch Sterben, wie alle anderen halt auch, noch mal hierhin.«

Sabine lauschte seinen Worten mit offener Kinnlade. Sie hatte in der wunderbaren, rauschhaften Zeit, die sie bisher miteinander verbracht hatten, noch nie das Bedürfnis gehabt, Til zu fragen, wie er denn genau zu Tode gekommen war und was er auf der Erde so zurückgelassen hatte. Sie hatte es einfach nur genossen, mit ihm im Hier und Jetzt zusammen zu sein. Die Vergangenheit sollte noch früh genug zur Sprache kommen.

Und jetzt hatte Til ihr eine Situation aufgetischt, da schnappte sie nur noch nach Luft. Was gab es denn noch alles für bescheuerte Umstände, die verhinderten, dass sie endlich mal den Mann ihres Herzens traf und dieser ihr dann auch erhalten blieb? Die Vorstellung, ihn wieder gehen lassen zu müssen, trieb ihr die Tränen in die Augen. Sie schaute Til durch das Salzwasser hindurch an und schüttelte verzweifelt den Kopf. Er legte seine Arme um sie und zog sie liebevoll an sich.

»Das ist echt kein Scheiß, was ich jetzt sage, Sabine, ich wäre super gerne dein Mann, ich finde, da geht so viel mit uns, mich macht das genauso fertig wie dich, die Vorstellung, dass ich hier wieder wegmuss. Ohne dich. Ich denk dauernd darüber nach, ob es nicht eine Lösung gibt, die mir nur noch nicht eingefallen ist.«

Sabine schluchzte hemmungslos in seiner Umarmung. Das würde der schmerzhafteste Abschied, den sie je erlebt hatte. In ihrer jungen Beziehung zu Til gab es bisher ja nur Fülle, Übereinstimmung, Begeisterung aneinander und für alles, wie es sich eben in der hormonell aufgewirbelten Situation zweier Frischverliebter darstellte. Beim Loslassenmüssen gab es noch keinen Trost wie in gebrauchten Beziehungen in Form von Überdruss oder Enervierung. Und in diesem Zustand glaubte man auch ganz fest daran, dass einem hier mit diesem neuen Menschen endlich alles erspart bliebe, was in anderen Beziehungen schon mehrfach durchlitten worden war.

»Ach, Til, könntest du hier oben nicht noch irgendwie nachträglich zu Tode kommen, dann wäre doch eine Rückkehr auf die Erde unmöglich?«

»Alles schon gecheckt, meine Süße. So was gibt es hier nicht. Die greifen nicht in natürliche Prozesse ein. Und man darf das selber auch nicht. Ich hab dafür extra beim Chef persönlich angefragt, aber der sagte, dass sie so was wie das mit dem Stipendium eigentlich gar nicht machen und es sich bei mir um eine absolute Ausnahme handelt. Und er meinte, dass unsere Situation jetzt genau der Grund sei, warum sie das auch nicht wiederholen wollten. Sie hätten keinen Bock auf lauter unglücklich Verliebte, die übrig bleiben und hier die Stimmung versauen, wenn die Stipendiaten wieder ihr Geschäft auf der Erde aufnehmen.«

»Gut. Dann gehen wir das jetzt mal ganz pragmatisch an. Ich werde sonst irre. Dann kann ich in meinen Tränen noch Rückenkraulen lernen. Ich muss mich jetzt wieder auf praktisch schalten, sonst kann ich das nicht aushalten. Wie ging es dir denn in letzter Zeit gesundheitlich so?«

»Das ist doch die Scheiße, ich bin gerade Mitte vierzig und bombig drauf. Das ist gesundheitlich gerade meine fitteste Zeit, Sabine. Wenn mich da unten nicht einer im Streit umlegt, kann das noch eine ganze Weile dauern, bis wir uns wiedersehen.«

»Und – entschuldige, wenn ich dich das frage, aber wir führen ja eh gerade ein bescheuertes Gespräch: so … selber umbringen, so was ganz Sanftes natürlich nur …?«

Til verzog sein Gesicht. »Hab ich gestern auch schon mal überlegt, aber nee, das …, nee, das glaub ich, kann ich nicht. Nachher wach ich doch wieder auf und kann nur mein Pipi nicht mehr bei mir behalten, weißte? Hirn weggeschossen oder so. Nee.«

Sabine überfiel die nächste Welle der Verzweiflung.

DIETER TIPPTE Bettina schon zum vierten Mal in dieser Nacht an die Schulter. Jedes Mal legte sie sich dann schmatzend auf die linke Seite, um nach wenigen Minuten wieder auf den Rücken zu kippen und weiterzuschnarchen.

Das kann doch wohl nicht sein, dass wir nach einem kurzen halben Jahr Beziehung jetzt schon getrennte Schlafzimmer haben müssen, dachte Dieter stocksauer. Er hätte Bettina erwürgen können, sah aber davon ab, weil er damit ja schon einmal schlechte Erfahrungen gemacht hatte. Also blieben nur getrennte Schlafzimmer! Wie bei diesen Paaren, die zwar noch abends miteinander ins Restaurant gingen, sich aber weder ansahen noch das Wort aneinander richteten. Diese Fertigen, die einander bis zur Rechnung wie zwei Fremde gegenübersaßen, denen man die letzten beiden Plätze zugewiesen hatte. Nein, ganz Fremde würden, wenn sie so nah beieinandersaßen, das unangenehme Schweigen brechen und vielleicht ja sogar einen angeregten Restaurantbesuch erleben. Das machten die ganz Vertrauten nicht mehr. Die kauten wie zwei Kühe auf der Weide aneinander vorbei.

Dieter kam ganz schlecht drauf. Er wollte keine Frau haben, die bis zum Schlafengehen zauberhaft, attraktiv, geistreich, humorvoll, sexy war und dann, kaum dass sie zum Liegen kam, zum Walross mutierte. Und damit ihren ganzen Appeal mit lautem Getöse zunichtemachte.

Es nutzte nichts, er würde dieses Thema beim Frühstück ansprechen und jetzt versuchen müssen, noch einen Rest Schlaf zu bekommen. Dazu bockte er Bettina, die grade noch auf der

Seite lag, mit einem Kissen auf, dann konnte sie hoffentlich nicht mehr auf den Rücken krachen.

»Du, Bettina, hast du eigentlich das Gefühl, dass du nachts gut schläfst? Wachst du morgens erholt auf?«, eröffnete Dieter wenige Stunden später das Gespräch am Frühstückstisch.

»Ja. Absolut. Warum fragst du?«

»Weil ich nachts nicht so gut schlafe.«

»Oh, blöd! Warum denn nicht? Grübelst du?«

»Nein, du schnarchst.«

»Ich schnarche nicht.«

Bettina saß kauend vor ihm. Das war auch noch so eine Sache: kauen. Aber immer schön eins nach dem anderen. Sie schnarchte nicht, aha.

»Bettina! Du schnarchst wie eine Bullenherde!«

»Dieter! Dann wärest du nicht der Erste, der mir so was sagt! Ich hab das noch nie gehört! Von niemandem! Und ich hab schon viele Nächte mit anderen das Zimmer geteilt. Und eine Bullenherde schnarcht nicht, die trampelt. Wenn mein Schnarchen klingen würde wie Trampeln, na, das hätte mir mit Sicherheit schon mal einer gesteckt!«

»Ich würde das Thema wirklich gern ernsthaft mit dir besprechen. Denn ich liege neben dir und bin in meinem Schlaf gestört. Übrigens eine Foltermethode!«

»Wir können gerne darüber reden, warum du so schlecht schläfst, aber komm mir nicht weiter mit Schnarchen. Ich schnarche! Pffff!! Frauen, die schnarchen, kauen auch mit offenem Mund!«

Dem stimmte Dieter innerlich zu.

So saß er da nachdenklich am Tisch, und – flatsch! – platzierte er Eigelb auf seinem Hemd. Er mochte sein Ei immer schön außen fest, innen weich, und genau so saß Letzteres jetzt auf seiner Vorderseite. Exakt auf der Knopfleiste.

»Verdammte Scheiße!«, zischte Dieter in sich hinein und sah wütend an sich hinunter.

»Ach, Schatz! Reg dich über so'n Ei nicht auf, guck mal, der Dotter sitzt doch genauso, als wär's ein Knopf! Ich geh gleich schnell mal in die Stadt und besorg dir noch vier neue dicke gelbe Knöpfe und dann kannst du das Hemd sogar anbehalten. Du müsstest halt nur so lange regungslos hier sitzen bleiben, bis ich wieder da bin und alles angenäht habe. Schaffst du das?«

Bei der Vorstellung musste Dieter lachen. Betti hatte recht. Ein gereifter Mann jenseits der dreißig sollte sich von einem herkömmlichen Ei nicht aus der Fassung bringen lassen. Mann, das musste er sich echt mal abgucken von der Betti, mit der konnte man zanken, ohne dass sie beleidigt nur noch schmale Augen machte, und dann wurde sie bei nächster Gelegenheit einfach nur albern, anstatt auf das Schlechte-Laune-Programm einzusteigen. Immer wieder entschärfte sie so den Alltag, und Dieter staunte, dass es jemanden gab, der so wenig empfänglich war für Überzeugungen wie: Die ganze Welt ist gegen mich. Mit so was hatte Betti nichts am Hut. Das sei ihr zu anstrengend, überall Gegner zu wittern, sagte sie dazu. Und so ließ sie häufig Gelegenheiten an sich vorbeiziehen, die Sabine gerne mal genutzt hatte, um einen richtig fetten Streit vom Zaun zu brechen.

Er konnte echt froh sein, bei so einer Freundin gelandet zu sein.

In Zukunft würde er einfach die Augen schließen, wenn sie kaute, und nachts – ja, das schaute man dann mal. Vielleicht Oropax.

WIEDER EINMAL saß Sabine mit ihren Galerie-Kollegen beisammen. Das Projekt nahm langsam Formen an. In sechs Wochen sollte die erste Ausstellung sein zum Thema »Neubeginn«. Gerade befanden sie sich in einer spannenden Diskussion. Angeregt von Shari, einem Inder, der als Hindu die Frage nach dem Neubeginn durch Wiedergeburt aufwarf und dazu zwei Fotomontagen anbot. Für ihn selbst war das natürlich nicht fraglich, er traf in der Debatte aber auf Robert, einen Chemiker, der ein Säure-Basen-Modell des Menschen zur Ausstellung beitrug und sich vehement gegen jede Vorstellung von Seelenwanderung stemmte:

»Von wo nach wo wollt ihr da eigentlich dauernd rumziehen, wenn ich das mal fragen darf? Seelenwanderung, so ’n Mumpitz! Ich war auch schon mal eine Biene. Das ging ganz einfach: gelb-schwarze Streifen ins Gesicht malen und ein paar Fühler auf den Kopf. Gibt’s alles zu kaufen. Karnevalsbedarf, verstehste.«

»Moment!«, warf da Sonja ein, »ich war mal in Holland bei einer Seebestattung dabei, und als die Asche über dem Wasser ausgestreut wurde, war aber für alle klar, dass da die Seele des Toten im Wind verschwand. Total ergreifend.«

»Das glaub ich aber auch, absolut«, war jetzt Beate zu hören. »Wenn du stirbst, dann löst deine Seele sich aus deinem Körper, das glaub ich aber auf jeden Fall! Und die lebt dann weiter um uns, über uns, in uns.«

»Ja, wo denn jetzt?«, zog Robert seine Stirn in Falten. »In uns, über uns, wie soll ich mir das denn konkret vorstellen?«

»Ich weiß auch nicht, das sagt mir einfach mein Gefühl.«

»Oh Gott!«, stöhnte Robert.

»Ja ... dass es da über uns hinaus eben noch was gibt, so halt.«

»Ah. Jetzt hab ich das direkt viel besser verstanden. Die Seele löst sich kurzfristig in Luft auf, schöne Luft natürlich, und dann, wenn man hier oben ankommt, hat man wieder alles beisammen, Körper und Seele, simsalabim«, nahm Robert ihre Worte ab und drehte schüttelnd den Kopf ins Aus: »Mann, Mann, Mann!«

»Also im Hinduismus sagen wir, dass der Mensch eine unsterbliche Seele hat. Und abhängig von seinem irdischen Vorleben erscheint er in einem anderen Wesen neu.«

»Ja, genau, das sehen wir ganz genauso«, sagte Miriam, Hobby-Buddhistin, seit sie dreißig war.

»Es ist ja wohl ein Segen, dass hier oben keinerlei Religion eine Rolle spielt, sonst hätten wir hier die gleichen üblen Zustände wie auf der Erde. Und Wiedergeburt, das ist doch auch wieder so ein Hirngespinst von spirituell Angestrengten«, warf sich Robert weiterhin gegen alle anderslautenden Wortmeldungen.

Sabine kam plötzlich ein Gedanke.

»Jetzt mal eine ganz blöde Frage: Wann habt ihr alle zuletzt die Anja gesehen? Bei unserem letzten Galerietreffen war sie ja noch da, aber in den letzten, bestimmt fünf, sechs Wochen, hab ich sie nicht mehr gesehen. Passiert sein kann ihr nichts, hier oben passiert einem ja nichts.« Sie zuckte mit den Schultern. »Wiedergeboren?«

»Fragst du jetzt ernsthaft, ob die Anja gerade als Maulwurf einen Hügel baut?«, hielt Robert nur mühsam an sich.

»Ich frag ja nur. Wäre doch eine Möglichkeit. Muss ja nicht der Maulwurf sein, kann ja auch ... keine Ahnung ...«

»... eine Möhre sein«, unterbrach sie Robert.

Sabine in ihrer Situation war natürlich ganz besonders interessiert an der Idee der Wiedergeburt. Til war vor einer Woche wieder auf die Erde zurückgekehrt, mit vielen Tränen auf beiden Seiten.

Er hatte sie noch gebeten, sich von hier aus um die Möglichkeit einer Wiedergeburt zu kümmern, er werde auf sie warten, ganz sicher und heul. Als sie dann plötzlich allein in dem Raum gestanden hatte, den zuvor noch Til mit ihr geteilt hatte, da hatte es ihr fast das Herz zerrissen. Mit Roberts Äußerungen kam sie gar nicht zurecht, zerstörten sie doch mit einem Handstreich ihre Hoffnung auf eine Zukunft mit Til.

»Sabine, was machst du da?«, fragte Hülya, eine zur Galerie-Gruppe neu hinzugestoßene Muslimin, die ihr in Sachen Wiedergeburt natürlich auch nicht zur Seite stand.

»Ich ruf jetzt den Jesus an. Es kann doch sein, dass sich in der Zwischenzeit was bewegt hat zu dem Thema. Wir sind doch alle Laien hier, ich will zu der Sache jetzt einfach mal einen Profi hören.«

»Kommen wir denn dann auch noch mal zu unserer geplanten Ausstellung zurück? Ob ich in irgendeiner Zukunft in irgendeinem Haus als Fensterrahmen eingebaut werde, interessiert mich nämlich nicht so dringend wie dich. Ich halte es allerdings auch für ausgeschlossen, falls dir das hilft«, schaltete sich Robert noch einmal ein.

Da meldete sich schon der Sohn Gottes in der Leitung.

»Jesus von Nazareth.«

»Hey, Jess. Hier ist Sabine. Darf ich dich mal mit einer Frage überfallen, wir sitzen hier grade mit ein paar Leuten zusammen.«

»Na, dann leg mal los, da bin ich aber gespannt.«

»Okay, also, wir reden hier die ganze Zeit hin und her, also, was meinst du zur Wiedergeburt? Gibt's so was nun oder nicht?«

»Pfffffhhh«, atmete Jesus erst mal tief durch.

»Er seufzt ganz laut«, teilte Sabine der Runde mit.

»Tja. Wiedergeburt, ach du dickes Ei«, hörte sie Jesus jetzt murmeln.

»Pass auf«, fuhr er fort. »Wir haben das ja damals geregelt über Auferstehung und dann Himmelfahrt. Man muss allerdings dazusagen, was anderes wussten wir zu der Zeit nicht. Heute würden wir, gerade in dem Bereich, viel eher mit unseren buddhistischen Kollegen den Austausch suchen. Damals gab es solche Netzwerke ja noch nicht. Und auch jetzt begebe ich mich auf unwegsames Terrain, weil, ich sehe da durchaus große Möglichkeiten in der Zusammenarbeit mit den asiatischen Religionen. Mein Vater sieht das alles noch etwas anders.«

»Kannst du den vielleicht mal grade an den Apparat holen?«

»Das hab ich auch schon überlegt, dass du ihn einfach selbst noch mal dazu befragst, wir hatten das Thema länger nicht. Aber der ist grade zur Fußpflege bei der Magdalena, da müsstest du einfach noch mal anrufen.«

»Ich dank dir, Jess, das war ja jetzt auch sehr spontan, ich meld mich einfach wieder.«

»Alles klar, ich sag meinem Vater schon mal Bescheid und macht's gut, vielleicht findet ihr ja noch vor uns eine Lösung zu der Frage, das könnte ja auch noch sein!«

Keinen Schritt weitergekommen, legte Sabine jetzt das Telefon wieder an seinen Platz und setzte sich zurück in die Runde.

»Also, er meinte jetzt, dass er selbst wohl Wiedergeburt gar nicht so verkehrt findet, sein Vater aber doch, so in die Richtung hab ich ihn verstanden.«

Auf diesem Gebiet wusste anscheinend keiner so wirklich Bescheid. Und für sie ging es ja nicht einfach nur um Wiedergeburt, sondern ganz konkret darum, dass sie auch tatsächlich als Sabine und niemand anderes auf die Erde zurückwollte. Tils Adresse hatte sie auswendig im Kopf.

Als sie zwei Stunden und Flaschen Wein später die anderen verabschiedet hatte, fiel sie todmüde ins Bett mit dem Vorhaben, direkt am nächsten Tag noch einmal bei Gottvater nachzuhaken. Da würde sie jetzt dranbleiben.

Sabine war tief und fest eingeschlafen, und als sie nun erwachte, spürte sie im Kopf nichts mehr von den Anstrengungen der vorabendlichen Diskussion und des Weinkonsums. Im Gegenteil, sie fühlte sich eher um etliche Pfunde leichter. Und sie duftete gut, das bemerkte sie ebenso.

Etwas irritiert blickte sie an sich hinunter.

Dunkelgrün der Stängel, dunkelgrün die Blätter und vereinzelte Dornen.

Mit den Füßen stand sie tief im Wasser. Nein, nicht mit den Füßen, mit dem Stängel! Sie stand in einem Blumenladen! In einem Eimer! Als Rose! Sie konnte es nicht fassen. Die Frage nach der Wiedergeburt konnte sie also ab heute selbst beantworten, oder was?

Das bedeutete aber doch auch, dass sie als Wiedergeborene hier nur einen circa fünftägigen Aufenthalt haben würde – oder wie lange gab man Schnittblumen? Lass es sieben Tage sein, auf irgendeinem Tisch in irgendeiner Vase, wenn sie nicht hierbliebe, weil die Kundschaft erst mal alles andere in dem Laden wegkaufte.

Konnte das denn alles wahr sein?!

Sie war als Schnittblume wiedergeboren worden, wenn sie hätte laut schlucken können, das hätte der Floristin aber einen Hörsturz eingebracht! Ich bin eine Schnittblume, sie konnte es gar nicht oft genug vor sich hin sagen. Wenigstens eine langstielige Rose, das schon. Aber das hieß doch, da war sie eben in ihren Überlegungen stehen geblieben, dass sie in ein paar Tagen das irdische Dasein schon wieder beenden würde und dann – ja, was dann? Wo kam man denn als Blume hin, hinterher?

Bimmelimm! Die Ladentür öffnet sich. Ein Herr tritt ein, die Floristin wird freundlich begrüßt.

»Schönen guten Tag! Ich suche die richtige Blume, durch die ich meiner Freundin den Antrag machen kann, mit mir zusammenzuziehen!«, hört Sabine und braucht direkt einen großen Schluck aus ihrem Eimer, woraufhin die Floristin und ihr Kunde auf den Bottich zusteuern, in dem sie, schräg angeschnitten, steht.

Und im nächsten Moment, kurz bevor Sabine, als erste Rose weltweit, ohnmächtig zusammensackt, hört sie gerade noch Dieter sagen: »Ja, diese langstielige Rose, die hätte ich gern!«

Danke

Wenn ich die Lektüre eines Buches beendet habe, lese ich obligatorisch zum Abschluss mit wässrigen Augen die Dankesworte der Autoren, obwohl mir natürlich all die erwähnten Personen rein gar nichts sagen. Aber so kriege ich jedenfalls einen Eindruck, ob die Ehe noch okay ist, wenn Partner erwähnt werden, ob man stolz auf Kinder hinweist, die in der mühsamen Schreibezeit die besten Kinder der Welt waren, ob besondere Leute genannt sind mit so einem Zusatz wie: Du weißt schon, wofür und dann Pünktchen Pünktchen Pünktchen. Ich gehöre auch zu den Menschen, die am Bahnhof ihren eigenen Zug verpassen, weil der Anblick sich verabschiedender Menschen sie so aufwühlt, dass sie sich nicht von der Stelle rühren können.

Und nun, liebe Leserin, lieber Leser, freue ich mich, Ihnen in aller Öffentlichkeit all jene zu nennen, die ich an dieser Stelle mit meinen Worten noch einmal kräftig umarmen möchte.

Da ist zunächst mein Mann Rainer, weil dann alle wissen, dass unsere Ehe noch richtig okay ist und: Du weißt schon, wofür …

Mein Sohn mit seinen vier Jahren muss erwähnt werden, ohne den es das Astronauten-Kapitel nicht gäbe.

Ruth Wächter, Petra Evertz, Frank Hard, Stephan Gorol und andere, die mir beim Probelesen einzelner zögerlicher Seiten unverhohlen ihre Freude gezeigt und dafür gesorgt haben, dass ich die Geschichte immer wieder gerne weitergesponnen habe.

Ganz besonders danken will ich hier meinem Freund Roger Willemsen, der mich zu Beginn heftig anschubste, als ich noch nichts von den niedergeschriebenen Zeilen selbst für voll nahm, und in späteren Etappen, wenn ich wieder nichts von den niedergeschriebenen Zeilen für voll nahm, schubste er zuverlässig nach. Danke, Roger, du wahrer Eselstreiber!

Und einmal feste Drücken bis zur Dyspnoe geht an meine rasend gute Lektorin Sandra Heinrici. Wenn Sie, liebe Leser, mal ein Buch schreiben wollen, dann nur mit ihr! Strenge Gewissenhaftigkeit ohne jede Verbissenheit plus äußerste Sympathischkeit, damit kommt man zuverlässig ans Ziel.

Jetzt nehme ich Sie, liebe Leser, zum Schluss auch noch mal ordentlich in den Arm – wagen Sie das ja nicht, falls Sie irgendwo persönlich auf mich treffen! – und wünsche Ihnen für heute schönes Wetter.

Cordula Stratmann